LES BIZARRERIES DE LA LANGUE FRANÇAISE

Né à Cherbourg en 1951, Daniel Lacotte vit à Paris depuis 1976. Ingénieur de formation, il devient directeur pédagogique du Centre de formation des journalistes de Paris. Puis il occupe des postes de rédacteur en chef dans différents quotidiens et magazines nationaux. Daniel Lacotte a publié une vingtaine d'ouvrages : biographies, romans, essais, documents, et de la poésie.

Paru dans Le Livre de Poche :

PETITE ANTHOLOGIE DES MOTS RARES ET CHARMANTS

LE POURQUOI DU COMMENT, 1

LE POURQUOI DU COMMENT, 2

LE POURQUOI DU COMMENT, 3

DANIEL LACOTTE

Les Bizarreries
de la langue française

Petit inventaire de ses subtilités

ALBIN MICHEL

© Éditions Albin Michel, 2011.
ISBN : 978-2-253-17418-9 – 1re publication LGF

*Pour Dominique,
Guillaume et Mathilde.*

Avant donc que d'écrire,
apprenez à penser.

BOILEAU (1636-1711)

Gens de lettres, gens de peine.

Honoré de BALZAC (1799-1850)

Malheureusement, le papier souffre tout
et ne rougit de rien.

Proverbe

Appliquer les fondamentaux

La langue française vit. Elle évolue, se transforme, s'enrichit de moult apports (vocabulaire issu de langues étrangères, usage familier de l'oralité, néologismes, etc.). Cependant, toutes ces métamorphoses ne passent pas avec succès l'épreuve du temps : les codes du langage, écrit comme parlé, obéissent à des règles qui fluctuent selon les époques. Par ailleurs, cette langue ne doit pas laisser place à une quelconque ambiguïté, incertitude ou interprétation concernant des actes officiels, administratifs, juridiques ou commerciaux. Mais, surtout, lorsqu'elle sert de véhicule à l'expression artistique et à l'enseignement public des connaissances. Car le langage a aussi pour mission fondamentale d'être le vecteur de la cohésion sociale d'une nation.

La grammaire et la plus grande partie du vocabulaire français proviennent des formes orales et populaires du latin. Depuis l'époque de la Gaule romaine, l'usage les a transformées. Lentement. Au départ, au Moyen Âge, la langue française se compose d'une multitude de dialectes régionaux très dissonants. Puis on en vint à distinguer principalement les parlers d'oc (au Sud) et les parlers d'oïl (au Nord), ces derniers l'ayant finalement emporté (vers les XIIe et XIIIe siècles) dans le sillage d'un affermissement de la monarchie capétienne. Toutefois, la France continuait de s'apparenter à une espèce de pays bilingue : d'un côté, la population parlait la langue « vulgaire », dite « vernaculaire » (celle de *La Chanson de Roland* ou du *Roman de la rose*) ; de l'autre, le latin continuait d'imposer sa loi dans l'Église, chez les savants et dans l'enseignement. La coexistence va se prolonger jusqu'au XVIIe siècle en dépit de deux articles figurant dans l'ordonnance de Villers-Cotterêts édictée par François Ier (août 1539). Un texte fondateur qui exige l'emploi scrupuleux du « langage maternel français » dans la vie publique du pays. Un siècle plus tard (1635), la création de l'Académie française par Richelieu exprimera clairement la volonté de forger « des règles certaines à notre langue et à la rendre pure, éloquente et capable de traiter les arts et les sciences ».

Comme toutes les langues vivantes, le français continue donc de se modifier. En se fondant sur l'usage, lexicographes et grammairiens produisent des recommandations que propose l'Académie française en insistant chaque fois, et à raison, sur le fait que ces éventuelles modifications « soient soumises à l'épreuve du temps ». Par ailleurs, dans ces mutations potentielles, il convient toujours de tenir compte du poids de l'étymologie, de la réalité de la prononciation, des exigences liées aux pratiques de l'enseignement scolaire, sans négliger les contraintes de la presse, de l'édition et des imprimeurs.

La relance de l'écrit avec l'Internet

L'expression du langage repose sur des règles fondamentales qu'il convient d'appliquer. N'en déplaise aux pourvoyeurs de salmigondis, aux adeptes de l'amphigouri et autres aficionados du galimatias. Pour justifier cette volonté d'imposer une sorte d'anarchie dans la sémantique et la syntaxe, les ardents défenseurs du charabia pensent que l'on peut écrire (ou parler) de façon approximative. Une telle attitude signifie que le lecteur (récepteur d'un message) va s'échiner à déchiffrer pour comprendre. Grossière erreur d'appréciation ! Seul l'auteur doit faire l'effort. Puisqu'il souhaite émettre un message (transmettre une idée, une histoire, des connaissances), le rédacteur doit toujours écrire pour que le texte soit lu et compris par son lecteur. En conséquence, il doit respecter un code de l'écrit.

Les tenants d'un comportement laxiste avancent souvent un argument fallacieux : la difficulté d'application de certaines règles. Que nenni ! Car nous ne parlons pas ici des dictées imposées. Que ce soit dans le cadre scolaire ou dans celui, plus ludique, d'une émission de télévision. De telles situations s'apparentent toujours à une forme de compétition. Objectif : ne pas faire de faute pour obtenir une bonne note ou gagner trois minutes d'une gloire médiatique éphémère. Non ! Nous parlons ici des textes qu'un auteur souhaite produire (courrier, rapport, article, courriel, blog, site internet, livre, etc.) et pour lesquels il dispose d'une totale liberté de manœuvre. Si le doute surgit, il peut toujours s'appuyer sur de nombreux ouvrages (vocabulaire, orthographe, grammaire). Nous ne sommes donc plus du tout dans l'exercice « traumatisant » pour certains de cette terrible dictée, mais dans la démarche volontaire d'une expression écrite. Un mode de communication qui s'était étiolé et qui reprend aujourd'hui force et vigueur grâce au développement de l'outil internet.

En effet, la maîtrise correcte de l'écriture s'affirme comme l'un des paramètres essentiels à une bonne utilisation des multiples possibilités qu'offre la Toile. Car avant ce retour inopiné, le téléphone « fixe » fut le vecteur privilégié d'une communication orale de masse entre 1970 et 1995. Pendant cette période, il a contribué à la quasi-disparition du courrier convivial. Plus de lettres aux parents, à la grand-mère et à la famille. Plus de cartes de vœux ni d'anniversaire. Un simple « coup de fil » se substituait à l'écrit ! Aujourd'hui, ce même téléphone (ce n'est plus le même puisqu'il s'agit désormais d'un « portable ») s'est métamorphosé en un objet complexe et il s'impose désormais comme l'un des vecteurs de l'écrit par le truchement des fameux SMS *(Short message service)*. Papoter en viendrait à se confondre avec tapoter ! Simultanément, *via* ses connexions tentaculaires au Web et grâce à un meilleur confort de lecture que celui proposé par le téléphone portable, l'ordinateur s'est imposé comme un solide support de l'écrit.

Néant culturel

Finalement, au risque de m'attirer les foudres de quelques barbons aigris, je pense que les textos ont ouvert un vaste champ de création sémantique qui ne me semble pas dommageable. À une seule condition : celui qui frappe sur son téléphone portable « kdo » doit impérativement savoir que le mot s'écrit « cadeau » ! Nous sommes là dans une forme de créativité qui place les mots au cœur d'un jeu que n'auraient pas renié les surréalistes. Ni mes amis de l'Oulipo (Ouvroir de littérature potentielle) qui considèrent que la contrainte engendre la création. Ici, par sa structure même (le manque de place), le téléphone portable impose ses limites spatiales et peut effectivement attiser l'imagination.

Dans l'esprit, cette pratique ressemble au langage codé qui fut inventé par les bouchers parisiens du XIXᵉ siècle : le loucherbem (ou louchébème). Cet amusant langage leur permettait de tenir des propos que les oreilles indiscrètes des clientes ne comprenaient pas. De nos jours, le loucherbem a disparu, mais les jeunes gens inventent des messages, simplifiés à l'extrême, sur leur téléphone mobile. Hier comme aujourd'hui, ce principe qui consiste à malaxer le verbe pour créer d'autres références lexicales et syntaxiques a le même objectif : renforcer le sentiment d'appartenance à un groupe.

Dans le loucherbem (aussi appelé le parler en « lem »), le principe consistait à ajouter « lem » à la fin d'un mot. Ensuite, il fallait inverser la première lettre du mot avec le « l » du suffixe « lem ». Exemple : « boucher » devient « boucherlem », puis « loucherbem » (pour en savoir plus, consultez la *Petite anthologie des mots rares et charmants*, Albin Michel, 2007, p. 132, au mot « loufoque »).

On peut également ranger le verlan dans cette verve « créatrice » qui consiste à parler à l'envers, à inverser les syllabes (« verlan » pour « l'envers », « ripou » pour « pourri »). Cette analogie entre textos, louchébème et verlan prouve, finalement, la vigueur de notre langue française.

Aux antipodes de cette inventivité passée ou actuelle, nous entrons dans l'univers du néant culturel, sémantique et syntaxique avec les forums de discussion (les fameux « chats », du verbe anglais *to chat*, bavarder). Non seulement ceux qui fréquentent ces lieux virtuels châtient à qui mieux mieux le langage, mais le sens de leur discours (quand on parvient à le déchiffrer) touche aux confins de la vacuité. Avec, en prime, des relents moyenâgeux de fanatisme et d'intolérance. Vérifiez par vous-même, je n'invente malheureusement rien.

Restent les courriels où beaucoup se sont brûlé les ailes. Un patron ou un chef de service bardé de ses galons et diplômes qui envoie un courriel rempli de fautes se ridiculise. Car, fort heureusement, il y a toujours un gentil rebelle pour « faire circuler » (transférer, vous comprendrez que je ne dise pas *forwarder*) ledit message au plus grand nombre. Les plus intelligents acceptent alors de se remettre en question en s'inscrivant discrètement dans des ateliers d'écriture ou d'orthographe. Et ils ont bien raison. Les autres s'engluent dans leur ignorance et continuent de martyriser notre langage en refusant d'accomplir le moindre effort.

En fait, lorsque vous êtes en situation d'écrire, vous pouvez choisir les mots et construire les phrases comme bon vous semble. Le texte vous appartient. Mais, à l'instar d'un maçon qui bâtirait une maison sans fil à plomb, celui qui prétend aligner des mots sans posséder les réflexes de base et quelques bons outils risque de construire un texte bancal, voire un labyrinthe dans lequel se perdra son lecteur. Cette remarque vaut aussi pour tous les professionnels de l'écrit en général et pour mes chers confrères journalistes en particulier. Car certains s'exonèrent un peu trop rapidement des exigences qui président à la rédaction d'un texte. Pourtant, quand on a la chance d'avoir l'écriture comme champ d'action et d'expression, on se doit impérativement de rester vigilant, voire exemplaire. Le présent ouvrage a pour objectif d'y aider.

A

À / De (Un verre à vin / Un verre de vin)

Quand on parle d'un récipient destiné à contenir quelque chose, il faut utiliser « à ». *Un verre à vin. Un pot à lait. Un pot à confiture(s). Une boîte à cigares.* Nous parlons ici de l'enveloppe et non pas du contenu. D'ailleurs, rien n'empêche la formule suivante : *Robert prit un verre à vin rempli de lait.*

Quand on évoque le contenu et son récipient, là, il convient de dire « de ». *Un verre de vin. Un pot de lait. Une boîte de cigares.* Le verre, le pot et la boîte contiennent respectivement du vin, du lait et des cigares. Subtilités : *Quand Robert n'avait pas le sou, sa boîte « de » cigares était une boîte « à » chaussures. Marie-Chantal but un verre « de » vin dans un verre « à » eau.*

D'une façon générale, vous tenterez de privilégier l'utilisation de « à » lorsque le récipient peut s'acheter vide. En conséquence, vous allez aisément distinguer : *Un sac à pommes de terre. Un sac de pommes de terre.* En revanche, vous pouvez écrire : *Il y avait dans le dépotoir des boîtes de lait vides.* En effet, même si nous ne parlons ici que de la seule boîte (sans contenu parce qu'elle est vide), il paraît clair que l'on ne peut pas acheter cette boîte… vide. Même remarque : *Il y avait dans la poubelle des boîtes de conserves en fer-blanc aux étiquettes déchirées.*

À / De (La maison à Robert / La maison de Robert)

Après un verbe, vous devez utiliser la préposition « à » pour marquer la possession. *Cette voiture appartient à Robert.* Toujours avec cette même notion d'appartenance, la préposition « à » s'emploie aussi devant un pronom. *Robert est un ami à nous.* Ou encore : *C'est sa manière à lui de s'exprimer.*
À l'inverse, il ne faut jamais utiliser la préposition « à » entre deux substantifs. Il faut donc dire ou écrire : *La bicyclette de Pierre.* Seules exceptions, les locutions figées : *Une bête à bon Dieu.*

À / En (À Avignon / En Avignon)

Il convient de dire et d'écrire « à Avignon » et non pas « en Avignon ». Même si cette seconde tournure semble admise par certains et même si la docte Académie française n'en condamne pas formellement l'utilisation.
D'aucuns affirment que l'énoncé « en Avignon » se serait forgé pour éviter l'hiatus en « a ». Si vous appliquiez cet argument fallacieux, il vous faudrait également dire : en Amiens, en Aix, en Albi, en Arras, en Amboise. Là aussi, sous prétexte d'un hiatus en « a ». Ridicule !

En réalité, la formule « en Avignon » dérive d'une époque où certains habitants du lieu précisaient fort logiquement vivre en Avignon comme d'autres demeuraient en Languedoc ou en Provence. Car Avignon disposait alors du statut d'État pontifical appartenant au Saint-Siège. Au XIVe siècle, il couvrait plusieurs communes. Et aujourd'hui encore, certains habitent en Anjou. Et d'autres, plus précisément… à Angers. L'utilisation de l'expression « en Avignon » appartient donc à la catégorie des archaïsmes.

La même explication s'applique pour Arles (« à Arles » et non pas « en Arles ») qui a aussi été un État souverain.

À / En (À vélo / En voiture)

Vous devez privilégier le « à » chaque fois que le moyen de transport s'enfourche. *Je vais travailler à vélo. Marie-Chantal monte à cheval. Robert fera le trajet à moto.* Il faut également préférer : *Aller à skis* (plutôt que « en skis »). Mais, si la personne transportée se trouve à l'intérieur du moyen de transport, il faut utiliser « en ». *En train, en avion, en voiture.*

À l'attention de / À l'intention de

Voilà bien deux formules parfaitement identifiées et nullement interchangeables. En employant l'expression « à l'attention de », vous attirez très clairement l'attention de quelqu'un sur quelque chose : un courriel, un document, une lettre, un colis, une communication, etc. Autrement dit, le destinataire doit être attentif. Son interlocuteur (l'émetteur du message) lui présente un objet qui requiert toute son attention.

Pour sa part, la locution « à l'intention de » marque le souci de plaire à un destinataire. Le geste va le séduire, lui être profitable ou bénéfique. *Robert a acheté un livre à l'intention de Marie-Chantal* (avec la volonté de lui être agréable).

Abhorrer / Adorer

Marie-Chantal abhorre le sport, mais adore la musique. Voici deux verbes aux consonances proches et aux sens diamétralement opposés. Le verbe « abhorrer » signifie détester au plus haut point, exécrer, haïr. Dans la mesure où ce verbe dérive du mot « horreur », il y a un « h » après le « b » ainsi que deux « r ».

À l'inverse, adorer signifie aimer d'un amour ou d'une affection passionnée, éprouver de l'admiration, avoir un goût très vif pour quelque chose. *Robert adore la viande que la végétarienne Marie-Chantal abhorre. Marie-Chantal adore Robert, mais elle abhorre la plupart de ses amis.*

Abjurer / Adjurer

Un individu qui s'engage solennellement à renier sa foi religieuse va abjurer. Par extension, le verbe signifie également abandonner ses convictions, ses idées. *Henri IV abjura le protestantisme, le 25 juillet 1593 en la basilique Saint-Denis. En 1754, Jean-Jacques Rousseau abjura le catholicisme. Le 22 juin 1633,*

Galilée fut contraint par l'Inquisition d'abjurer sa théorie (double rotation des planètes, sur elles-mêmes et autour du Soleil).

Synonyme de supplier, de prier instamment, le verbe « adjurer » signifie fondamentalement : demander au nom de Dieu. *Je vous adjure de ne plus rencontrer cet escroc. Ne condamnez pas Robert, je vous en adjure !*

Abolir / Abroger

On emploie « abolir » lorsqu'il s'agit de supprimer un usage, une coutume, une pratique. *L'esclavage fut aboli en 1848.*

De son côté, le verbe « abroger » exprime aussi la notion de suppression, mais celle-ci porte sur une obligation créée de façon officielle par un acte législatif ou réglementaire.

Ainsi abroge-t-on une loi, un décret, une disposition, un règlement.

Abréviations

Monsieur : M. (avec un point). *M. Robert Durand.*
Messieurs : MM. (avec un point). *MM. Durand et Dupont.*
Madame : Mme (sans point). *Mme Julie Dupont.*
Mesdames : Mmes (sans point). *Mmes Dupont et Durand.*
Mademoiselle : Mlle (sans point). *Mlle Chantal Petit.*
Mesdemoiselles : Mlles (sans point). *Mlles Petit et Legrand.*

Docteur : Dr (sans point). *Le Dr Durand consulte le matin. Les Drs Dupond et Durand.*

Toutefois, ces abréviations ne doivent s'employer ni dans le premier mot d'un titre d'ouvrage *(Madame Bovary)* ni dans l'expression « Monsieur le maire » (ou le député). Et pas davantage si le nom de la personne ne figure pas dans la phrase : *J'ai rencontré madame votre mère. Elle voudrait que son fils devienne un docteur célèbre. Ce monsieur est déjà venu ce matin.*

Maître : Me (sans point). *Me Robert est un grand avocat. Mes Robert et Durand.*

Monseigneur : Mgr (sans point). *Mgr Dupuis.*

Notons que vous pouvez placer en exposant la (ou les) lettre qui suit la majuscule de l'abréviation : Mme, Mmes, Mlle, Mlles, D^r, M^e, Mgr, etc.

Avenue : av. (avec un point). *Robert habite au 3, av. Victor-Hugo.*

Place : pl. (avec un point). *Robert habite au 3, pl. Victor-Hugo.*

Boulevard : bd (sans point). *Robert habite au 3, bd Victor-Hugo.*

Faubourg : fg (sans point). *Robert habite au 3, fg Victor-Hugo.*

Avant Jésus-Christ : av. J.-C. *En 225 av. J.-C.*

Téléphone : tél. (avec un point). Donc, faites très attention à ne pas oublier ce point lorsque l'abréviation est suivie de deux points.

Tél. : 06 07 08 99 88.

Les principales unités de mesure : mètre (m), kilomètre (km), millimètre (mm), kilogramme (kg), litre (l), millilitre (ml), minute (min). Toutes ces abréviations ne possèdent pas de point. Attention : il faut utiliser ces abréviations quand le nombre qui suit possède une décimale. *Ce paquet pèse 8,25 kg.* À l'inverse, les unités de mesure ne s'abrègent pas : quand elles ne sont pas suivies d'un nombre ; quand le nombre est rédigé en toutes lettres ; quand le nombre ne possède pas de décimale. *Robert a couru pendant plusieurs kilomètres. La course va durer vingt minutes. Une citerne de 325 litres.*

Accentuation des capitales

Voir aussi Majuscules

Tout d'abord, petit point de vocabulaire. Il ne faut surtout pas confondre capitales et majuscules. Prenons l'énoncé suivant : CHACUN SAIT QUE JULIE NE MANQUE PAS DE CHARME. La phrase est écrite en lettres capitales. Mais seuls le « C » de « Chacun » et le « J » de « Julie » sont des majuscules.

En effet, capitales et majuscules se différencient par leur fonction. Utiliser une majuscule relève des règles de l'orthographe. Écrire un mot ou une phrase en capitales répond à une volonté de l'auteur ou du graphiste qui met en page un texte.

Qu'il s'agisse de capitales ou de majuscules ne change rien à l'affaire : l'accentuation est absolument obligatoire ! En fait, les accents ont progressivement disparu sur les majuscules et capitales avec la généralisation des machines à écrire fabriquées dans des pays anglophones. En effet, la langue anglaise (et américaine) n'utilise pas les accents, et les fabricants ne se souciaient guère du petit marché français. Le laxisme ambiant a ensuite contribué à accentuer la défaillance plutôt que les lettres ! Aujourd'hui, personne ne peut plus avancer la moindre excuse puisque tous les logiciels de traitement de texte (même de fabrication anglosaxonne proposent toutes les accentuations et tous les signes diacritiques de la langue française. Un diacritique est un signe graphique (point, accent, tréma, cédille) accolé à une lettre afin d'en modifier la valeur.

Comprenez bien que cette obligation précise le sens des mots. Donc, permet une compréhension immédiate du message.

Voici un exemple célèbre : UN INTERNE TUE.

Vous avez une chance sur quatre d'avoir compris ce que voulait dire la phrase. Jouez le jeu et essayez de découvrir les quatre possibilités.

Voici les réponses :

UN INTERNE TUE.

UN INTERNE TUÉ.

UN INTERNÉ TUE.

UN INTERNÉ TUÉ.

Avouez qu'il existe une petite différence entre le fait de comprendre qu'un étudiant médecin tue alors qu'un fou s'est fait assassiner !

Voici d'autres exemples : DANS CETTE AFFAIRE, LES CHEFS SERONT JUGES. UN PLAT SALE. L'INFORMATIQUE A SOIXANTE ANS... Alors : juges ou jugés, sale ou salé ? Quant à l'informatique, elle a (verbe avoir) soixante ans d'existence ou s'agit-il d'un exposé sur l'attitude des sexagénaires face à l'ordinateur ?

Dans la langue française, l'accent possède une pleine valeur orthographique. Et le fait d'écrire en lettres capitales ne dispense pas de respecter ces règles. Il en va de même pour le tréma et la cédille.

Acception / Acceptation

Les sens des mots sont l'essence du langage. Et plus encore pour « acception » dont le sens est « sens » ! Au-delà de cette amusante cabriole sémantique, venons-en à une explication plus rationnelle : « acception » signifie effectivement « sens ». On utilise donc « acception » pour définir le contenu, la signification ou les nuances d'un mot. *Bête et idiot, voilà deux synonymes qui expriment sensiblement la même acception. Le mot « intelligent » possède une acception diamétralement opposée à celle d'« idiot ». Le mot « pompe » renferme plusieurs acceptions.*

Acception peut aussi avoir le sens (assez rare) de « prendre en considération », « tenir compte ». Ainsi peut-on préciser : *L'entreprise ne fait jamais acception de la nationalité des candidats. Le concours se déroule sans acception d'âge.*

Quant au terme « acceptation », il possède deux acceptions principales. Acceptation renvoie bien évidemment à l'action d'accepter, mais le mot peut aussi signifier « accord » ou « consentement ». *L'acceptation d'une donation. Pour souscrire ce crédit, il faut l'acceptation des deux conjoints.*

Achalandé

Voir aussi Peu me chaut
L'adjectif « achalandé » puise ses racines dans le

substantif « chaland » (XIIe siècle) : client, acheteur. Ce que l'on comprend plus aisément quand on sait que « chaland » dérive du verbe impersonnel « chaloir » qui signifie « s'intéresser » (du latin *calere* : s'échauffer pour). *Au moment des soldes, les chalands envahissent les magasins.* Ainsi, un magasin bien achalandé possède une importante clientèle. Eu égard à l'étymologie, il s'agit donc d'un parfait contresens que d'utiliser achalandé pour dire « bien approvisionné en marchandises ».

Le substantif « chaland » désigne aussi un grand bateau plat utilisé sur les fleuves et les canaux pour le transport des marchandises.

Ache / Hache

Point besoin d'une hache pour couper une ache. Chacun connaît l'instrument tranchant utilisé pour fendre le bois (et qui servit aussi à sectionner quelques têtes). Quant à la variété comestible la plus répandue de l'ache (plante herbacée de la famille des ombellifères), il s'agit tout simplement du céleri.

Adhérent / Adhérant

Bien distinguer entre l'adjectif ou le nom « adhérent » et le participe présent du verbe « adhérer ». *Les adhérents d'un club sportif. Les membres adhérents d'une association. Une matière grasse et adhérente. Vous recevrez des cadeaux en adhérant à ce club. En adhérant à une association, vous en devenez membre adhérent.*

Affectation / Affection

Deux mots pour quatre acceptions différentes ! En effet, le nom « affectation » possède deux sens différents. D'une part, il désigne la destination à une fonction (poste, emploi) ou à un usage déterminé. *Julie a reçu son affectation dans un lycée de banlieue. Le Premier ministre a annoncé l'affectation de 80 millions d'euros pour restaurer l'Hôtel Matignon.* D'autre part, ceux qui adoptent une manière d'agir ostentatoire (feinte, exagérée) manquent évidemment de naturel et de simplicité. Ils se conduisent avec affectation, synonyme ici de « préciosité ». *Le patron de Robert s'exprime avec affectation, dans le geste et la parole.*

De son côté, le substantif féminin « affection » peut lui aussi exprimer deux idées différentes. D'une part, le terme désigne un sentiment tendre qui s'attache à une personne. D'autre part, dans le domaine médical, il équivaut à « maladie », « syndrome », « lésion ». *Robert prit en affection le frère cadet de Marie-Chantal. Le père de Julie souffre d'une douloureuse affection chronique.*

Air / Aire / Ers / Ère / Erre / Hère / Haire

Sans en avoir l'air, un pauvre hère nourri d'ers porte une haire et erre dans l'aire de notre ère. Le substantif féminin « ère » désigne un espace de temps qui commence à une date de référence : *l'ère chrétienne. Le cinquième siècle avant notre ère.* D'une façon générale, ce terme peut définir une époque, une période : *l'ère de l'informatique, l'ère industrielle, l'ère stalinienne.*

Dans le langage maritime, le substantif féminin « erre » définit le mouvement d'un navire qui continue d'avancer sur sa lancée. Autrement dit, il s'agit ici de la vitesse acquise par un bâtiment sur lequel la force de propulsion n'agit plus. *Le paquebot glisse sur son erre.*

Il existe de nombreuses homophonies.

— Air : gaz que nous respirons et qui enveloppe le globe terrestre ; morceau de musique ; apparence physique.

— Aire : surface plane ; superficie ; portion de surface ; zone.

— Ers : plante fourragère aussi appelée « lentille bâtarde ».

— Erre : conjugaison du verbe « errer » (vagabonder, flâner) à la troisième personne de l'indicatif présent. *Robert erre dans la campagne.*

— Hère : homme misérable. Mais aussi cerf ou daim âgé de six à douze mois.

— Haire : grossière chemise de crin que portaient certains religieux du bas Moyen Âge par esprit de pénitence.

Aller à la poste / Aller chez le coiffeur

Devant un nom de lieu, il faut utiliser « à ». *Marie-Chantal va à la poste, à la gare, à l'école, au bois, à la mer, à la pêche, aux champignons.*

Devant un nom de personne ou de profession, vous devez employer « chez ». *Robert va chez le coiffeur, chez son ami Pierre, chez le dentiste, chez le médecin.*

Reste le cas amusant des établissements commerciaux. Soit la raison sociale se confond avec le nom
d'une personne, soit il s'agit d'une entité qui fait référence à une chose. *Aller chez Durand et fils. Aller au
Bon Marché, au BHV, à la FNAC.* Mais on peut aussi
traiter une chose comme un nom de personne. *Aller
acheter une voiture chez BMW ou chez Fiat.* Évidemment, la question ne se pose pas avec Renault ou
Peugeot puisqu'il s'agit du patronyme des fondateurs
de l'entreprise. De la même façon, mieux vaut dire :
Je fais mes achats chez Leclerc (plutôt que « au
Leclerc »). En revanche, il faut privilégier : *Faire ses
achats à Carrefour, à Intermarché, à Monoprix, à
Auchan*, etc.

Aller et retour / Aller-retour

Quand les mots « aller » et « retour » sont des substantifs, ils désignent un trajet bien précis allant d'un
point à un autre. D'abord dans un sens, puis dans le
sens inverse. *Robert a pris le premier train du matin à
l'aller. Le retour a été moins fatiguant que l'aller.* On
écrira donc tout naturellement : *Robert et Marie-
Chantal ont acheté deux allers simples.* Ou encore :
Deux allers et deux retours. Ce qui peut aussi s'écrire :
Deux allers et retours. Puis, par contraction : *Deux
allers-retours.*
De la même façon, vous distinguerez bien sûr cette
autre formulation : *J'ai acheté deux billets aller et
deux tickets retour.* Ce qui signifie : *Deux billets pour
l'aller* et *deux tickets de retour.* Donc les mots
« aller » et « retour » restent au singulier. De même

on écrira : *Trois trajets aller. Trois voyages retour.*
Donc : *Deux billets (voyages, trajets) aller-retour.*

Allocution / Élocution

Lorsqu'il prononce une allocution, la lente élocution de Robert a toujours marqué les esprits. Une allocution correspond à un bref discours officiel. *À l'issue de la cérémonie de remise des diplômes, le directeur a prononcé une plaisante allocution.*
Par ailleurs, le terme « élocution » désigne la manière dont chacun articule les sons et rythme ses phrases. Ceux qui s'attachent à choisir leurs mots avec attention et précision pour s'exprimer de façon claire et intelligible disposent d'une parfaite élocution. *Julie possède une grande facilité d'élocution.* Mais, à l'inverse, ceux qui ont une élocution trop rapide ne sont pas faciles à comprendre.

Alternative

Lorsqu'une alternative se présente, vous devez choisir entre deux solutions (propositions, décisions, possibilités, hypothèses), en sachant que le choix de l'une entraîne forcément l'exclusion de l'autre. *Une alternative embarrassante se pose à Marie-Chantal : doit-elle se taire ou parler ? Le ministre se trouve face à une délicate alternative, se soumettre ou se démettre.* Il faut bien évidemment proscrire la formule suivante : *J'hésite entre ces deux alternatives.* Il convient de dire : *J'hésite en présence de cette alternative* (ce qui sous-entend deux options). Ou encore : *J'hésite*

entre ces deux solutions (propositions, décisions, possi-
bilités, hypothèses). Quelqu'un qui hésite entre deux
alternatives aura donc quatre choix possibles.

Par ailleurs, le mot « alternative » ne doit jamais se
substituer à l'expression « solution de rechange ou
de remplacement ». Il faut donc également proscrire : *La grève est la seule alternative à la négociation.*
Vous pouvez toutefois utiliser le mot au pluriel
lorsqu'il a le sens d'alternance, de succession d'événements opposés. *Dans sa carrière de comédien,*
Robert a connu des alternatives de revers et de succès.

Amande / Amende

Une amande est le fruit de forme oblongue que produit l'amandier. Le mot désigne également un objet
qui a le profil d'une amande. *Les restaurants chinois*
servent souvent des gâteaux aux amandes. Marie-
Chantal a de beaux yeux en amande.

Quant au mot « amende », il correspond à la somme
d'argent qu'il faut débourser à la suite d'un délit
quelconque. *Robert a dû payer une amende pour avoir*
brûlé un feu rouge. On rencontre le terme dans
l'expression figée « faire amende honorable », qui
signifie « reconnaître ses torts ».

An mil / An deux mille

L'adjectif numéral « mille » reste obstinément invariable. *Mille un, mille dix, mille huit cents, cent mille,*
sept cent mille. Toutefois, pour les dates, une règle
arbitraire voulait que l'on écrive « mil » lorsque le

numéral au singulier (donc pour le premier millier uniquement) était suivi d'un ou plusieurs autres nombres. Ce qui revient à dire que l'on utilisait « mil » de la date 1001 à la date 1999. *L'année mil huit cent onze.* Au regard de cet usage, on aurait donc dû fixer la forme « l'an mille » (puisqu'il n'y a aucun nombre derrière). À l'inverse, la graphie « l'an mil » s'est curieusement développée, notamment au XVIIIe siècle.

En résumé, on peut donc accepter « l'an mil » aussi bien que « l'an mille ». Et, dans les dates, vous pouvez choisir entre « mil neuf cent quarante » et « mille neuf cent quarante ». Mais il faut écrire « l'année deux mille onze » (car on a dépassé le premier millier !)

Ancre / Encre

Le nom féminin « ancre » désigne une lourde pièce de métal que l'on jette à l'eau pour empêcher qu'une embarcation ne dérive. Le bateau se trouve alors au mouillage. Quant au nom « encre », il définit le liquide coloré servant à écrire ou à imprimer. Il ne faut donc pas confondre l'ancrage d'un bateau et l'encrage d'un papier.

Annales / Annal / Anal

Substantif féminin toujours écrit au pluriel, le terme « annales » (avec deux « n ») désigne un ouvrage qui relate des événements dans un ordre chronologique, année par année. Par extension, le mot peut aussi avoir le sens de « histoire ». *Ce procès va rester célèbre dans les annales de la justice.*

Quant à l'adjectif « annal », il qualifie une situation qui ne dure qu'un an. *Un droit annal. Une autorisation annale. Des services annaux.* Attention à ne pas confondre avec le substantif « anneau » au pluriel. *Un classeur à anneaux.*

Enfin, l'adjectif « anal » (cette fois, avec un seul « n ») qualifie tout ce qui tourne… autour de l'anus. *Le sphincter anal. Une libido anale. Des coïts anaux.*

Après que / Avant que

La locution conjonctive « après que » exige nécessairement l'utilisation de l'indicatif. Quand le subjonctif (à l'écrit ou à l'oral) suit la locution « après que », il s'agit toujours d'une faute grave due à l'incompréhension de l'énoncé ou au laxisme ambiant. Pourtant, l'indicatif s'impose pour une simple question de logique. Explication.

La locution « après que » présente deux faits que l'on considère avec autant de réalité l'un que l'autre (qu'ils soient d'ailleurs passés ou futurs). Ce qui implique l'utilisation de l'indicatif et en aucune manière celle du mode subjonctif qui exprime des faits douteux, souhaités, incertains, redoutés, supposés, mais jamais réalisés avec certitude. Le mode subjonctif se prête à l'énoncé d'un élément que l'on se refuse à placer sur le plan de la réalité. Il ne doit donc jamais suivre « après que ».

Robert se mit à chanter après que Julie fut partie (et pas *fût*). *Venez me voir après que j'aurai terminé ma*

sieste. Robert nous a reçus après que Julie l'en a prié.
Marie-Chantal partira après que vous serez arrivé.

Il faut aussi souligner qu'il convient de remplacer
l'indicatif par le conditionnel lorsque le sens l'impose :
Robert affirma qu'il nous apporterait un cadeau après
que nous aurions terminé nos leçons. Si Julie consen-
tait à venir, Robert partirait après qu'elle serait arrivée.
Dans ces deux exemples, une éventualité peu probable est envisagée, mais la chronologie lie les deux
faits de l'énoncé. L'action qui est introduite par
« après que » est de même type que la précédente
qui devrait d'ailleurs lui succéder dans le temps.
La logique élémentaire de la grammaire ne justifie
pas l'utilisation du mode subjonctif : les deux faits
s'énoncent donc au conditionnel.

Mais comment cette utilisation fautive du subjonctif
a-t-elle bien pu se propager ainsi ? Il existe *a priori*
trois explications possibles. Tout d'abord, la mécani-
sation du langage. Beaucoup répètent sans même
connaître la différence entre les modes de l'indicatif
et du subjonctif et ne comprennent donc pas la réalité de cette pure erreur de logique grammaticale.
Ensuite, vient le poids de l'oral. En effet, le langage
parlé ne fait pas la différence entre la troisième personne du singulier de l'indicatif passé antérieur (il eut
parlé, il fut parti) et la troisième personne du singulier du plus-que-parfait du subjonctif (il eût parlé, il
fût parti). Enfin, l'explication la plus rationnelle tient
à la confusion de la construction avec la locution
« avant que ». Et cette troisième raison se conjugue
d'ailleurs à la précédente. Car la locution « avant
que » exige toujours l'utilisation du subjonctif : *Robert*

s'éclipsa avant que Marie-Chantal eût parlé (subjonctif : accent sur le « u »). Mais attention : *Robert s'éclipsa après que Marie-Chantal eut parlé* (indicatif pas d'accent sur le « u »).

Explication.

La locution « avant que » introduit une action qui n'est pas accomplie au moment de l'énoncé : Robert s'est éclipsé, mais Marie-Chantal n'a pas encore parlé. D'ailleurs, on peut aussi envisager que Marie-Chantal ne parlera pas après le départ de Robert. Une telle hypothèse ne peut s'exclure. En conséquence, vous comprenez pertinemment que le fait qui suit la locution « avant que » ne peut pas être placé sur le plan de la réalité. Conclusion : l'utilisation du mode subjonctif s'impose. *Écrivez-moi avant que je prenne une décision. Robert verra Julie avant qu'elle parte. Je voyais Robert au bureau avant qu'il fût malade. J'ai pu parler à Julie avant qu'elle lût la lettre de Robert.*

A priori

Toujours invariable, « *a priori* » s'écrit en deux mots, sans trait d'union et sans accent sur le « a ». Cette locution doit apparaître en italique dans un texte en romain, et en romain dans une citation en italique (cf. les exemples ci-après). Un raisonnement *a priori* ne se fonde pas sur l'expérience. Ni sur les faits. Dans son acception la plus courante, la formule « *a priori* » remplace « au premier abord » : A priori, *c'est une bonne décision. Robert refusera* a priori *cette proposition.*

Le substantif masculin *a priori* est synonyme de « préjugé » : *Marie-Chantal avait exprimé de nombreux* a priori *sur les compétences de son nouveau patron.*

À propos / À-propos

La locution (adverbiale ou prépositive) s'écrit en deux mots et sans trait d'union. *L'intervention de Robert arriva à propos. Marie-Chantal voulut ajouter quelques mots à propos de cette sombre histoire.*
Le substantif masculin invariable s'écrit avec un trait d'union. *Robert ne manquait jamais d'à-propos. Marie-Chantal disposait d'un merveilleux esprit d'à-propos.*
Dans une acception très vieillotte, l'à-propos est un texte (un poème, voire une courte pièce de théâtre) rédigé pour une circonstance particulière (réunion, mariage, inauguration, etc.).

Arcade / Arcane

Une ouverture en forme d'arc appuyé sur des montants s'appelle une arcade. *Les arcades d'un pont, d'un cloître, d'une galerie. À Paris, les arcades de la rue de Rivoli ou du Palais-Royal.* Par analogie, le mot s'utilise aussi pour désigner tout élément qui possède une forme arquée. *Les arcades sourcilières.*
Essentiellement employé au pluriel, le substantif masculin « arcane » évoque mystères, secrets ou énigmes. *Les arcanes de la télévision, du pouvoir, de la science.* À l'origine, un arcane était une préparation mystérieuse destinée aux adeptes de l'alchimie.

Au-dessous / En dessous

Dans la langue soignée, vous devez appliquer la distinction entre « au-dessous » (avec un trait d'union) et « en dessous » (sans trait d'union). Dans le premier cas, la locution s'applique à un paramètre qui se situe au-delà d'un certain point : *La température est au-dessous de zéro. Acheter un objet au-dessous de sa valeur. L'eau nous arrivait au-dessous du genou. Dans cette boutique, les prix s'affichent tous au-dessous de cent euros.*

Dans la seconde graphie, il s'agit de désigner un élément qui se trouve sous (ou contre) la face inférieure d'une chose : *Le pain est brûlé en dessous. La boîte est rouge en dessous. Soulevez cette assiette, il y a un billet en dessous.*

Même façon de procéder pour « au-dessus » et « en dessus » : *L'eau nous arrivait au-dessus de la ceinture. Il y a des costumes à 150 euros et au-dessus.* « En dessus », signifiant sur le dessus, ne s'utilise plus guère : *Un tissu rouge en dessus et bleu en dessous.*

Auspices / Hospice

Dans l'Antiquité romaine, des prêtres (les augures) devaient observer le comportement des oiseaux (mouvement, vol, appétit, chant) pour en tirer des présages. Ces sortes de devins prétendaient ainsi prédire l'avenir. L'observation de tous ces signes s'appelait donc des « auspices » (ce nom masculin s'écrit toujours au pluriel).

Dans son acception moderne, « auspices » est devenu

synonyme de « présage » (condition, influence). *Le mariage de Robert et Marie-Chantal s'est déroulé sous les meilleurs auspices.* Aussi peut-on évoquer : *De favorables, riants, funestes, fâcheux auspices.*

Quant à l'expression « sous les auspices de », elle indique qu'un événement se déroule (ou que quelque chose se fabrique) grâce à l'appui d'une personnalité ou d'une institution. On invoque ainsi sa recommandation. La formule équivaut à « sous l'égide de », « sous le patronage de ». *L'inauguration de la bibliothèque aura lieu sous les auspices du Premier ministre.* Établissement dans lequel on donne l'hospitalité à des malades (pèlerins, personnes âgées) ou des vieillards, un hospice peut être inauguré sous les meilleurs auspices ! Ceux du ministre de la Santé, par exemple. Des mots comme « hospitalier », « hospitaliser » et « hospitalité » appartiennent à la même famille. « Hôpital » a perdu son « s » pour gagner un accent circonflexe sur le « o ».

Au jour d'aujourd'hui

Sans la moindre raison logique et sans aucun fondement linguistique recevable, de nombreuses expressions deviennent, au fil du temps, des sortes de locutions figées qu'il serait fort judicieux de ne plus utiliser à tout bout de champ. Le côté quelque peu grandiloquent de « au jour d'aujourd'hui » en guise d'introduction à une phrase qui se veut souvent sentencieuse, semble en avoir séduit plus d'un. Pourtant, cette tournure propose une triple redondance. En effet, aujourd'hui exprime déjà deux fois l'idée de jour. D'abord avec « jour », puis avec « hui » (« le jour où nous sommes », qui vient du latin *hodie*).

Rajouter « au jour » devant « d'aujourd'hui » n'a donc aucun sens. Sauf sur le mode de la plaisanterie ou sauf à vouloir lourdement insister sur une étroite durée temporelle ou sur une immédiate actualité.

Au temps pour moi / Autant pour moi

Autant le dire sans plus attendre, il convient d'utiliser la construction « au temps pour moi ». Elle fait référence à un ordre issu du langage militaire : « Au temps ! » *Au temps pour les crosses !* La formule intime l'ordre de revenir au temps qui précède afin de reprendre un mouvement en parfaite harmonie. Cette acception, à l'origine très concrète, signifie « c'est à reprendre » (il faut recommencer). Elle a donc dérivé vers un sens figuré. Ainsi, la locution figée « au temps pour moi » exprime l'idée de reconnaître une erreur, avec, à la clé, la nécessité de reconsidérer ses arguments, sa position, sa décision. Donc de reprendre une action ou une réflexion depuis le début.

D'avantage / Davantage

Il ne faut pas confondre le nom masculin « avantage » et l'adverbe « davantage ». Le substantif peut avoir, notamment, le sens de « atout » ou de « supériorité », mais aussi celui de « bénéfice » (intérêt). *Nos concurrents avaient l'avantage du nombre. Cette offre propose de précieux avantages. Robert voit beaucoup d'avantages à changer de métier, car il aura davantage d'avantages dans ses nouvelles fonctions* (c'est dans ce type d'exemple qu'il convient de se méfier de la phonétique).

L'adverbe « davantage » modifie souvent un verbe (ou le pronom « le »), mais très rarement un adjectif. « Davantage » signifie « plus ». *Dans cette sombre affaire, Robert n'en savait pas davantage. Julie est jolie, mais Marie-Chantal l'est davantage.* L'adverbe peut aussi avoir le sens de « plus longtemps ». *La nuit va tomber, ne restez pas davantage.*

Avoir à faire / Avoir affaire

Dans l'usage, la formulation « avoir affaire » l'emporte nettement, sauf si le contexte implique clairement qu'il s'agit du sens « faire quelque chose ». La logique doit donc l'emporter. *J'ai affaire à un complot, à une plaisanterie, à une évidente mauvaise foi, à un imprévu*, etc. *C'est avec cet avocat que Marie-Chantal veut avoir affaire. J'ai eu souvent affaire à Robert. Vous allez avoir affaire à moi. J'ai eu affaire à très forte partie.* Mais on écrira : *Robert a beaucoup à faire dans sa nouvelle maison. Que vais-je avoir à faire ici ?*

Avoir l'air (Elle a l'air méfiant / Elle a l'air méfiante)

Lorsque la locution figée « avoir l'air » remplace « sembler » ou « paraître », l'adjectif est attribut et il s'accorde avec le sujet. *Ces poires ont l'air bonnes. Ces fermes ont l'air abandonnées. Ces propositions ont l'air sérieuses.*

Cependant, lorsque le mot « air » conserve tout son sens, la formule « avoir l'air » perd son rang de locution figée. Ainsi, « l'air » peut se remplacer par « un air » (ou des airs) et le verbe « avoir » par « prendre » (ou « se donner »). Dans ce cas, l'adjectif devient épithète et l'accord se fait avec « air ». Dès lors, nous pouvons rencontrer des subtilités intéressantes. *Marie-Chantal a l'air méchant* (prend ou se donne un air méchant). Mais on écrirait : *Julie a des airs méchants* (accord avec « airs »). De toutes les façons, vous pouvez tout aussi bien écrire : *Marie-Chantal a l'air méchante* (semble ou paraît). Mais on dira plus volontiers : *Julie a l'air guerrier. Marie-Chantal a l'air martial.* Dans ces deux cas, on opte pour la version « se donne l'air ». En effet, « sembler » guerrier ou martial n'a pas grand sens. Cette fois, sans choix possible (version épithète), on écrira : *Julie a l'air méfiant de sa mère. Marie-Chantal a l'air ingénu propre aux adolescentes.*

(S') avérer

Voilà bien un verbe qui continue d'attiser les passions. « Avérer » vient du latin *verus* qui signifie « vrai ». Dans son sens premier, s'avérer s'employait pour : se faire reconnaître comme vrai, se vérifier. Mais plus personne ne dit « cette nouvelle s'avère » pour exprimer « cette nouvelle est exacte ». En revanche, on peut encore lire et entendre : *Son intuition s'est avérée* (est apparue fondée).

En réalité, la difficulté vient de l'utilisation de « s'avérer » suivi d'un attribut. Car le sens moderne du verbe équivaut désormais à « apparaître comme », « se révéler réellement ». *Les promesses de Robert s'avèrent illusoires. Cette équipe de football s'avère impuissante en championnat. Les médicaments s'avèrent inefficaces.* Dans ces conditions, rien n'interdirait donc d'utiliser des formules fort décriées comme s'*avérer vrai* (pléonasme) ou *s'avérer faux* (contradiction). Car pourquoi les rejeter puisque l'on accepte la construction du verbe avec « illusoires », « impuissante » ou « inefficaces » ? Pour éviter toute contestation, vous pouvez bien évidemment détourner l'ambiguïté et écrire : *Cette nouvelle se révèle vraie* (ou *fausse*).

B

Bai / Baie / Bey

Le bey de Tunis chevauchait un superbe étalon bai dans la baie d'Arcachon. Certains souverains ou hauts fonctionnaires de l'empire ottoman portaient le titre de « bey ». De son côté, l'adjectif « bai » qualifie une couleur d'un brun rouge. On ne le rencontre plus guère que pour évoquer la robe d'un cheval. *Un étalon bai. Une jument baie.* Quant à la baie, il s'agit de la grande échancrure d'une côte ouverte sur le large (ce qui provoque une avancée de la mer dans les terres). *Une baie sablonneuse. De nombreux bateaux se sont perdus en longeant la baie d'Hudson. La pouliche baie de l'abbé du Mont-Saint-Michel galopait au côté du bey dans la baie de Douarnenez.*
La baie correspond également à un fruit charnu (raisin, myrtille) ou à un petit fruit sauvage. Il peut encore s'agir d'une ouverture pratiquée dans un mur.

Bailler / Bâiller / Bayer

Voir aussi Bailleur / Bâilleur
Le verbe « bailler » (XVIᵉ siècle) signifie « donner » et

il n'est plus guère utilisé que dans la locution figée *Vous me la baillez belle* (ou *bonne*) dont le sens est « Vous cherchez à m'en faire accroire ». Le participe passé est toujours invariable : *Il me l'a baillé belle.*

Si vous êtes fourbu, usé, exténué, éreinté, vous bâillez en ouvrant largement la bouche. On dit d'ailleurs : *Bâiller à s'en décrocher la mâchoire.* Par analogie, le verbe s'utilise aussi pour qualifier une chose mal fermée, entrouverte. *Un col qui bâille. Une porte qui bâille.*

Quant au vieux verbe « bayer » (XIIe siècle), il signifie « s'ouvrir ». *Le manteau de Marie-Chantal bayait au vent.* Mais « bayer » veut également dire : rester la bouche ouverte, rester bouche bée. D'où l'expression figée : *Bayer aux corneilles* (regarder bêtement en l'air, rêvasser, perdre son temps).

Bailleur / Bâilleur

Le bailleur cède la jouissance d'un bien à un locataire (un preneur, un concessionnaire). Un bail, acte juridique (contrat), détermine les multiples conditions (prix, durée, etc.) de cet accord réciproque. Pluriel : des baux. *Fatigué par toutes ces explications, le bailleur, lui, bâille ! (voir ci-dessus).*

Balade / Ballade

Après une belle balade, Robert nous interpréta une superbe ballade. Ces deux substantifs féminins paronymes n'ont pas la moindre relation. Le mot « balade » correspond à « promenade ». *Marie-Chantal adore les grandes balades en forêt.* Quand on se balade, on se promène sans but précis, on flâne le long des rues ou des chemins sans hésiter à s'engager ici ou là dans de sinueux détours. La balade équivaut à une baguenaude, charmant petit mot tombé en désuétude et directement dérivé du verbe « se baguenauder » (se promener, flâner).

Au départ, la baguenaude désigne le fruit du baguenaudier, un arbrisseau méditerranéen à fleurs jaunes. Ce fruit se présente sous la forme d'une petite gousse remplie d'air et qui éclate d'un bruit sec dès qu'on la presse entre les doigts. Comme il n'y a rien de plus futile que de passer son temps à cette occupation dérisoire, cette dernière donna donc au mot « baguenaude » son sens premier. Puis, par analogie, la « baguenaude » devint une balade au XVe siècle.

Quant au poème de forme libre ou régulière et d'un genre familier ou légendaire, il porte le nom de « ballade » (XIIIe siècle) : par exemple, *La Ballade des pendus*, de François Villon ; *Odes et ballades*, de Victor Hugo.

Baladin / Paladin

Comédien ambulant (ou bouffon), le baladin aime danser, notamment des ballets, tandis que le paladin, chevalier du Moyen Âge quelque peu idéaliste, erre ici et là en cherchant à accomplir prouesses et actions généreuses.

Balai / Ballet

La ménagère soigneuse et avisée fait parfois allègrement danser son balai entre ses mains expertes lorsqu'elle nettoie le sol de la maison. Mais ne nous y trompons pas, la véritable danse s'exprime plutôt dans l'art du ballet. *Chorégraphe de renom, Robert est maître de ballet à l'Opéra, mais, fort peu attiré par les tâches ménagères, il faut bien avouer qu'il n'est pas toujours maître de son balai.*

Ban / Banc

Robert et Marie-Chantal viennent de publier les bans de leur mariage, et, le jour de la cérémonie, leurs invités seront assis sur les bancs de l'église. Distinguons clairement le ban (proclamation officielle annoncée publiquement) du banc (long siège généralement en bois ou en pierre, avec ou sans dossier, sur lequel plusieurs personnes peuvent prendre place).

Mais le mot « ban » désigne aussi un roulement de tambour qui précède une annonce, une proclamation. *Ouvrir et fermer le ban.* Au Moyen Âge, le ban désignait une région appartenant à un seigneur *(voir banal, ci-dessous)*, mais encore, la convocation des vassaux par le suzerain. D'où l'expression familière : convoquer le ban et l'arrière-ban (inviter tout le monde). *Pour leur mariage, Robert et Marie-Chantal ont convoqué le ban et l'arrière-ban de leurs amis et connaissances.* Par ailleurs, le ban est également l'exil auquel on peut condamner quelqu'un. Il s'agit bien sûr ici d'un bannissement (action qui consiste à ban-

nir, expulser, proscrire, refouler). Ainsi, par extension, « mettre un individu au ban de la société »
indique qu'on le soumet au mépris public, à la vin-
dicte populaire.

Banal / Banals / Banaux

Dans son sens ancien (XIIIe siècle), « banal » se réfère
au ban *(voir ci-dessus)*, la circonscription appartenant
à un seigneur. Ainsi, pendant la période féodale
(entre le Xe et le XIVe siècle), les habitants d'un arron-
dissement donné devaient se servir du four ou du
moulin banal en s'acquittant d'une redevance versée
au seigneur du lieu. Le mot « banal » signifie que la
chose désignée appartient au seigneur. Au pluriel :
Des fours ou des moulins banaux.
Au sens figuré, « banal » qualifie un sujet ordinaire,
commun, sans aucune originalité. Et le pluriel donne
cette fois « banals » ou « banales » : *Un livre banal.*
*Une chanson banale. Des propos banals. Des représen-
tations théâtrales banales.*

Baser / Fonder

Dans une langue surveillée, « baser » s'utilise surtout
dans un contexte militaire : *Les troupes du régiment
sont basées à Angoulême.* Par analogie, vous pouvez
dire : *Le siège social de mon entreprise est basé à Caen.
Les avions sont basés à Toulon.* Nous sommes ici dans
l'hypothèse concrète où « baser » vient de l'une des
acceptions du substantif féminin « une base » : point
d'appui, lieu aménagé pour accueillir du matériel ou

du personnel. D'ailleurs, on parle tout naturellement d'une base aérienne ou navale, voire d'une base de loisirs. Mais lorsqu'il est question de concept, vous devez obligatoirement employer le verbe « fonder ». *Marie-Chantal fonde ses affirmations sur des travaux très sérieux. Pour étayer son raisonnement, Robert se fonde sur d'imparables arguments. Voici des preuves parfaitement fondées.*

Bât / Bas

Le bât correspond à une sorte de harnais que l'on place sur le dos d'un animal (âne, mulet, cheval) pour qu'il transporte plus facilement une charge encombrante (ou lourde). D'où l'expression : « C'est là que le bât blesse » (voilà le point faible ou sensible d'un individu ou d'une démonstration). Le bas (de laine, de soie ou de coton) n'a rigoureusement rien à voir en la matière ! Pas plus que le mot « bas », contraire de « haut ».

Battre son plein / Battre leur plein

Dans l'expression figée « battre son plein », le mot « son » est bel et bien un adjectif possessif qui se rapporte à « plein ». On dit que la mer bat son plein lorsqu'elle atteint sa plénitude, son plus haut point et qu'elle frappe la côte. La formulation fut longtemps utilisée par les marins. Aussi peut-on légitimement écrire : *La fête bat son plein* (la fête atteint son apogée, son paroxysme). Ici, « son » reste également un adjectif possessif, qui devient tout naturellement

« leur » lorsque le sujet prend la marque du pluriel : *Les fêtes battent leur plein. Les conversations battent leur plein.* Le mot « son » ne fait pas référence au niveau sonore de la fête ou des conversations. Ni au son plein qui serait équivalent à un son grave. Beaucoup se fourvoient en affirmant qu'il faudrait dire « les cloches battent son plein ». Non ! Là encore, il faut écrire : *Les cloches battent leur plein.*

Béni / Bénit

Après maintes tergiversations et querelles de grammairiens, le plus grand nombre s'accorde aujourd'hui sur une règle simple : « bénit » s'emploie uniquement comme adjectif pour qualifier les choses consacrées par un ecclésiastique (prêtre, évêque, cardinal, pape, etc.) habilité à pratiquer une bénédiction rituelle. Et « béni », participe passé du verbe « bénir », s'utilise dans tous les autres cas. Attention à la subtilité de certaines nuances : *Un cierge bénit. De l'eau bénite. Des médailles bénites. Le pape a béni la foule. Le mariage a été béni par le curé. Un souverain béni par son peuple. Un pays béni des dieux. Une ville bénie des dieux.*

Bonace / Bonasse

La bonace (calme plat d'une mer apaisée) suit la fougue d'une tonitruante tempête. *Robert et Marie-Chantal ont profité de la bonace pour aller se baigner.* Quant à l'adjectif « bonasse », il qualifie un individu doté d'une bonté excessive, soit par faiblesse d'esprit, soit par crainte des conflits. *Dès qu'elle parlait à sa grand-mère malade, Julie se plaisait à prendre un air bonasse.*

Bonbonne

Grande bouteille originale, ventrue et dotée d'un goulot court et étroit, la bonbonne prend exceptionnellement un « n » devant le « b ». Contrairement à « bombarde », « bombardier », « bomber », etc.

Bonhomme / Bonhommes / Bonshommes

Ces pauvres bonshommes affichaient des airs bonhommes. Attention à la forme du pluriel, selon qu'il s'agit du nom ou de l'adjectif. À l'origine, le mot « bonhomme » désigne un homme bon (le sens a ensuite évolué vers la notion péjorative de naïveté). Au pluriel : *Des bonshommes.* L'adjectif « bonhomme » qualifie un individu qui allie simplicité et qualités de cœur. Il affiche un air bonhomme. Au pluriel : *Des airs bonhommes.*

Bourré / Bourreler / Bourrelé (de remords) / Bourrelet

Celui qui boit plus que de raison peut finir la soirée complètement bourré (sens argotique pour « ivre » ou « soûl »). Certes, la gueule de bois aidant, les remords envahissent souvent le cerveau brumeux du lendemain. Toutefois, une telle situation ne permet en aucun cas de se prétendre « bourré de remords ».

Il faut en effet utiliser l'expression : *Je suis bourrelé de remords.*

Le verbe transitif « bourreler » (tourmenter, torturer moralement) apparaît au XVIe siècle et dérive du substantif « bourreau ». Dans un sens vieilli, quelque peu littéraire mais ô combien amusant à l'oreille, on peut également dire : *Le remords me bourrelle.* C'est-à-dire : *Le remords me tourmente.*

Il ne faut bien évidemment pas confondre le verbe « bourreler » et le nom « bourrelet ». Même si ce pli rebondi en forme de disgracieux coussinet graisseux fermement accroché à la taille laisse souvent peser un douloureux sentiment de honte, de regrets et de… remords. *Julie, complexée par ses bourrelets, est bour-relée de remords après avoir mangé un gros gâteau.*

C

Ça / Çà

Ne pas confondre « ça » (sans accent) et « çà » (avec un accent grave). Dans son sens le plus courant, le pronom démonstratif « ça » remplace « cela » (qui ne prend pas non plus d'accent sur le « a »). *Ça (cela) n'a aucun intérêt. Il ne manquait plus que ça. Je ne veux pas de ça. À part ça…* Mais « ça » marque aussi l'approbation, l'étonnement, l'indignation ou l'interrogation. *C'est ça ! Ça, par exemple ! Ah, ça alors ! Où ça ?*

Adverbe ou interjection, « çà » signifie notamment : cet endroit-ci. *Çà et là. De çà de là.*

Caparaçonner / Carapace

Tortues et crustacés possèdent une carapace protectrice qui joue finalement le rôle d'un bouclier, d'une armure, d'une cuirasse. Dans un sens abstrait, un individu sensible peut se cacher derrière une carapace d'homme dur et austère.

Il convient donc de bien distinguer la carapace du caparaçon, terme qui prend racine dans le mot espagnol *capa* (manteau). Mais, à la différence de la carapace, le caparaçon ne protège pas. Et même s'il peut parfois ressembler à une armure, il s'agit toujours d'un équipement décoratif, d'une sorte de harnais que l'on place essentiellement sur les chevaux qui participent à des défilés d'apparat. Par exemple, dans la plupart des mariages royaux célébrés en grande pompe, le protocole décide de caparaçonner les chevaux du cortège officiel.

De surcroît, soulignons que l'on ne peut absolument pas confondre « caparaçonner » avec « carapaçonner » puisque ce second terme n'existe pas ! Pas plus d'ailleurs que « carapacer ». Ces deux néologismes purs ont vraisemblablement germé, à tort, sur les bases du mot « carapace ». Si vous souhaitez donc parler d'un animal ou d'une chose qui possède une carapace, vous devez employer des verbes comme « barder » ou « cuirasser ». *Cuirassée sous son épaisse armure d'écailles, la tortue vit surtout dans les régions tropicales ou tempérées.*

Caverne / Taverne

Cavité naturelle creusée dans la roche, la caverne équivaut à une grotte. *L'homme des cavernes. Les troglodytes habitaient des cavernes. Les touristes s'étaient réfugiés dans une caverne. L'âge des cavernes.* Le mot « taverne », lui, désigne une auberge rustique, un café-restaurant pittoresque, une gargote.

Dans une acception désormais obsolète, le mot « caverne » faisait référence à un lieu où se déroulent des choses mystérieuses réservées à des initiés. Par extension, la caverne évoquait aussi un rendez-vous de voleurs (brigands, malfrats, débauchés). Le sens se rapprochait ici de « repaire » ou « d'assemblée » : *Une caverne de voleurs.* Dans la mesure où ces cavernes se tenaient le plus souvent dans des tavernes, vous saisissez l'origine de l'ambiguïté !

Censé / Sensé

Le comportement sensé de Robert est censé plaire à tous. Si vous êtes censé effectuer une tâche quelconque, cela signifie que vous allez probablement l'accomplir. En d'autres termes, vous êtes supposé (présumé, réputé) en mesure de passer à l'action. De son côté, « sensé » (référence à « sens ») évoque l'idée de jugement. Une personne ou une chose sensée est donc raisonnable, pleine de (bon) sens, de sagesse. *Robert est censé partir en vacances avec Marie-Chantal. Julie expose souvent des arguments sensés. Lors de la dernière réunion de direction, Robert a exposé un projet sensé qui fera l'adhésion du plus grand nombre. Lors de la dernière réunion de direction, Robert a exposé un projet censé emporter l'adhésion du plus grand nombre.*

Cent

Voir Nombre

Chaire / Chair

Tribune élevée, du haut de laquelle un ecclésiastique prêche les Évangiles, la chaire n'a bien évidemment rien de commun avec la chair, sans le « e » final. Encore que ! En effet, le prêtre qui parle en chaire a souvent l'occasion d'évoquer la chair. Car le mot possède plusieurs acceptions qui appartiennent globalement aux interdits prônés par la religion catholique. Ainsi la chair correspond-elle d'abord à la viande, aliment gras qui figure dans un commandement de l'Église : *Vendredi chair ne mangeras* (tu ne mangeras pas de viande le vendredi). Par ailleurs, le mot « chair » évoque aussi le corps, qui s'oppose à l'esprit ou à l'âme : *Le verbe s'est fait chair. La résurrection de la chair.* Enfin, le mot « chair » désigne maintes impulsions ou incitations que l'Église condamne : concupiscence, désir, luxure, sensualité, tentation. On retrouve d'ailleurs le substantif dans de multiples expressions figées qui appartiennent au vocabulaire religieux : *Le péché de chair. L'œuvre de chair. La tentation de la chair. Les plaisirs de la chair. La faiblesse de la chair…*

Chœur / Cœur

Le ténor du chœur chantait de tout son cœur. Nom masculin, « chœur » évoque un groupe de chanteurs et, par métonymie, la composition musicale que chante un chœur. Le chœur est aussi la partie de l'église où est situé le maître-autel. Le mot « chorale », avec « ch » possède bien évidemment la même origine.

Muscle situé dans la poitrine, le cœur régit la cir-
culation sanguine. *Après l'effort, le battement de
son cœur atteint 140 pulsations par minute.* Par analogie, le mot désigne également la partie centrale de
quelque chose. *Robert habite dans le cœur de la vieille
ville. Un cœur de laitue. Le cœur de la forêt.* Au sens
figuré : *Le cœur de l'hiver* (au plus fort de l'hiver).
Le cœur du sujet (le point essentiel). Mais le mot
« cœur » évoque aussi le siège des sensations et des
émotions : *En apprenant la mort de son père, Robert
eut le cœur brisé. Avoir le cœur gros* (avoir de la
peine). *Avoir le cœur en fête* (être heureux). Des
expressions figées telles que « de bon cœur », « de
gaieté de cœur », « de tout cœur » sont synonymes
de « avec plaisir ». Quant à notre ténor qui chante
« de tout son cœur », cela indique qu'il s'applique à
chanter du mieux qu'il peut. Mais on pourrait aussi
ajouter : *Les sopranos du chœur chantent d'un cœur
léger* (avec insouciance et plaisir).

Cinéphile / Cynophile

*À la fois cinéphile et cynophile, Robert reste un incon-
ditionnel des* 101 Dalmatiens *et de* La Belle et le
Clochard. Le cinéphile aime et connaît l'art cinémato-
graphique, tandis que le cynophile apprécie la compa-
gnie et/ou le travail des chiens. Les deux mots sont
substantifs ou adjectifs.

Classer / Classifier

Le verbe « classer » indique que l'on range dans un certain ordre (des individus, animaux, choses…). Autrement dit, on effectue un classement, on ordonne. *Marie-Chantal a du mal à classer ses dossiers. Merci de classer ces noms par ordre alphabétique.*

L'idée d'un classement précis par critères impose plutôt « classifier », verbe qui évoque une classification. Ce qui correspond à l'action de définir des classes. « Classifier » s'utilise essentiellement en zoologie ou en botanique : *Le naturaliste Linné a classifié la flore. Un chimiste doit parfaitement maîtriser la classification des éléments.*

Collections

Chacun sait ce que collectionnent le philatéliste (les timbres) et le numismate (les pièces de monnaie), mais d'autres *aficionados* de l'amoncellement incontrôlé ont jeté leur dévolu sur des objets insolites qui ont généré des mots fort amusants.

— Boîtes d'allumettes : le philuméniste.
— Drapeaux et étendards : le vexillologiste.
— Emballages de sucre vides : le périglycophile.
— Étiquettes de boîtes de fromage : le tyrosémiophile.
— Étiquettes de bouteilles de vin et d'alcool : l'éthylabélophile.
— Petites cuillères : le cochliophile.
— Porte-clés : le copocléphile.

Colorer / Colorier

Le verbe « colorer » se substitue à « teindre », « teinter ». Un sujet se colore lorsqu'il prend une certaine couleur. *La lumière du soleil couchant colore la mer de mauve. Les feuilles se colorent de brun avec l'arrivée de l'automne.* Mais lorsque vous décidez de colorier un dessin (album, carte, image, tableau), vous appliquez des couleurs sur une surface (papier, tissu, toile). *Marie-Chantal colorie ses dessins à l'aquarelle.*

Comme (par exemple)

Voir aussi Pléonasme
La conjonction « comme » exprime une comparaison et introduit un exemple. En fait, elle signifie « par exemple », une locution conjonctive qui s'emploie notamment pour expliquer ou pour illustrer un propos en donnant précisément… un exemple. Ceux qui disent ou écrivent « comme par exemple » font donc un pléonasme. Sans aucune contestation possible, même si d'aucuns s'obstinent à ergoter sur le sujet. *Robert adore les cinéastes de la Nouvelle Vague, comme Louis Malle et Jacques Rivette. Robert adore les cinéastes de la Nouvelle Vague, par exemple Louis Malle et Jacques Rivette. De nombreux oiseaux de Scandinavie, comme les mésanges ou les étourneaux, migrent vers l'Europe de l'Ouest.*

Compte / Comte / Conte

J'ai entendu un conte qui évoque les comptes du comte.
Un comte appartient à la noblesse. Dans la hiérarchie
nobiliaire, le comte se situe entre le marquis (au-
dessus) et le vicomte. Quant au mot « compte », il
désigne dans son sens le plus courant un calcul ou
une quantité (notamment d'argent). *Faire le compte
des dépenses et des recettes. Faire le compte des bulle-
tins de vote. Robert a fait ses comptes avant de partir
en vacances.* On parle aussi d'un compte lorsqu'il
s'agit d'un état des avoirs dont dispose un individu
dans un établissement financier. *Le compte en banque
de Julie est vide. Ouvrir un compte bancaire. Un
numéro de compte courant. Un compte d'épargne.*
Il existe de très nombreuses expressions figées où
figure le mot « compte ». *Tout compte fait* (tout
bien considéré). *À ce compte-là* (dans ces conditions).
Demander son compte (donner sa démission). *Son
compte est bon* (il a ce qu'il a mérité). *À bon compte*
(à bon prix). *Travailler à son compte* (être son propre
patron). *Prendre à son compte* (endosser la responsa-
bilité). *Pour mon compte* (pour ma part). *Il n'y a rien
à dire sur son compte* (à son propos). *Prendre en
compte, tenir compte* (incorporer, prendre en considération, ne pas négliger). *Compte tenu de* (étant
donné)…
Enfin, le conte est un court récit d'aventures imagi-
naires, d'histoires merveilleuses, extravagantes ou
légendaires. *Un conte de fées. Les contes de Perrault.
Des contes et légendes populaires.* Vers le XVIe siècle,
le mot s'est enrichi de la notion de mensonge ou

d'invraisemblance (il peut ici remplacer sornette). *Des contes à dormir debout.*

Conjecture / Conjoncture

Synonyme de « supposition », la conjecture repose sur des apparences, sur des hypothèses non vérifiées. *Dans ses conversations animées, Julie aimait à se perdre en conjectures.* Quant à la conjoncture, il s'agit d'une situation qui résulte d'un concours de circonstances. *La négociation se déroule dans une conjoncture favorable.* Par extension, ce terme désigne l'état d'une économie à un moment donné. *Suite à la forte hausse des cours du pétrole, la conjoncture n'incite pas à embaucher.*
L'ambiguïté entre ces deux termes prend probablement racine dans le langage économique. En effet, le mot conjecture a pris ici une acception spécifique. Il s'applique à une forme de prévision ou de prospective. Et on en arrive à une subtilité de ce type : *Pour élaborer une conjecture, une étude de conjoncture s'appuie sur des situations particulières, occasionnelles.*

Convenir (être ou avoir ?)

En conjuguant le verbe « convenir » avec l'auxiliaire « être » ou avec l'auxiliaire « avoir », vous donnez à la phrase une direction très précise. Ainsi, « être convenu » signifie « admettre » (se mettre d'accord, accepter). Tandis que « avoir convenu » prend le sens de « plaire » (être approprié). *Nous sommes convenus d'une date de rendez-vous. Nous étions conve-*

nus de nous rencontrer ce mois-ci. Robert est convenu sans difficulté des arguments de Marie-Chantal (a accepté). *Robert est convenu de son erreur. Cette maison a convenu à Robert. Le jury vient de délibérer sur ce qu'il aurait convenu de faire* (sur ce qu'il aurait dû faire). *Nos propositions lui auraient très certainement convenu.*

Cote / Côte / Cotte

Il existe une différence fondamentale entre la cote d'un cheval de course et une côte de bœuf ! Le mot « cote », sans accent circonflexe, désigne tout d'abord une marque (référence) qui permet de classer des documents, des archives ou des ouvrages. Mais le terme s'applique aussi à la constatation officielle d'un cours (en Bourse ou pour des paris) ou à une évaluation (dans le sens de « note »). *La voiture de Robert cote 5 000 euros à l'Argus. Les cotes du futur tiercé sont très attractives pour les parieurs. Ce film a une bonne cote auprès du public. La Seine vient d'atteindre sa cote d'alerte.* Quant à l'expression figée « accepter une cote mal taillée », elle signifie que les protagonistes d'une négociation s'en tiennent à un compromis qui ne satisfait personne.

Pour sa part, le mot « côte » (avec un accent circonflexe sur le « o ») désigne un os courbé du thorax qui s'articule avec la colonne vertébrale (et la pièce de viande qui s'y attache dans le cas d'un animal). *Les douze paires de côtes. Les côtes flottantes. Manger des côtes d'agneau. Robert aime porter des costumes en velours à côtes* (on dirait aussi *en velours côtelé*).

Mais le substantif définit également une pente. *Pour atteindre le château, vous devrez gravir une côte assez raide.* Enfin, le terme évoque bien évidemment le littoral, le rivage, le bord de mer. *La côte sauvage et escarpée du Cap de la Hague. Une route sinueuse qui longe la côte.*

Quant au substantif féminin « cotte » (synonyme de salopette), il désigne un vêtement de travail (souvent de couleur bleu foncé) qui possède une sorte de plastron retenu par de larges bretelles. Au Moyen Âge, on parlait d'une cotte de mailles pour évoquer une armure fabriquée par un enchevêtrement de petites pièces métalliques.

Couleur (accord)

Les adjectifs de couleur s'accordent en genre et en nombre avec le nom qu'ils qualifient. *Des voitures bleues. Des cheveux blancs. Des plantes vertes.* Mais si l'adjectif de couleur est également un nom commun, il reste invariable. *Des chaussures marron. Des robes pivoine.* On considère qu'il s'agit ici d'ellipses : *Les chaussures ont la couleur du marron. Les robes celle de la pivoine.*

Les formes adjectivales complexes restent elles aussi invariables. *Des mers gris-bleu. Des yeux bleu-vert. Des vestes jaune paille. Des écharpes rose bonbon. Une voiture bleu foncé. Des cravates lie-de-vin. Des chapeaux feuille-morte.* Mais utilisées comme des noms de couleur (et non plus comme des adjectifs), les formes ci-dessus ont les pluriels suivants : *Des gris-bleu. Des bleu-vert. Des jaunes paille* (les jaunes ont la couleur de la paille). *Des roses bonbon. Des bleus fon-cés. Des verts pâles* (les bleus sont foncés et les verts sont pâles).

Coupe claire / Coupe sombre

Les forestiers qui effectuent une coupe sombre scient peu d'arbres. En conséquence, l'ombre persiste dans la forêt. D'où la coupe sombre. À l'opposé, lorsque presque tous les arbres sont abattus, l'endroit retrouve la lumière naturelle du soleil. D'où la coupe claire.

Au sens figuré, il convient donc de maintenir la distinction. *Une coupe claire dans les effectifs* (presque tout le personnel a été licencié). *Une coupe claire dans un budget d'investissement* (tous les chiffres ont été sévèrement revus à la baisse). *Une coupe sombre dans un texte* (on a fait quelques suppressions sans importance). Malheureusement, la coupe sombre (dans son acception figurée) se rencontre souvent à contresens dans la mesure où beaucoup s'évertuent ici à attribuer au mot « sombre » la signification parfaitement erronée de « sévère », « brutale », « sans pitié ».

Courbatu / Courbaturé

L'adjectif « courbatu » qualifie une extrême fatigue ressentie dans tout le corps. Éreinté et fourbu sont de parfaits synonymes. Mais « courbaturé », participe passé du verbe « courbaturer », signifie « provoquer des courbatures », c'est-à-dire des douleurs et des raideurs musculaires. « Courbaturer » véhicule donc une notion de souffrance que n'exprime pas « courbatu ». *Après une longue randonnée dans la montagne, Robert revint tout courbatu. Après d'intenses séances de gymnastique, Marie-Chantal se sentait courbaturée.*

Courriel / Mél.

Le mot « courriel » conjugue les termes « courrier » et « électronique ». Un courriel désigne le contenu du message (ou le message lui-même). Les anglais disent « e-mail » ou, plus simplement, « mail ». *Envoyer un courriel* (un message). *Confirmer une invitation par courriel* (comme on le ferait *par téléphone*, donc dans le sens de l'outil internet).

Quant à « mél. », il s'agit d'une abréviation. D'où le point obligatoire (à l'instar de « tél. » pour téléphone). En réalité, « mél. » abrège « messagerie électronique » (« m » pour « messagerie », « él » pour « électronique », « Courriel » et « mél. » ne sont donc pas interchangeables. Car « mél. » ne désigne pas le contenu (le message). Vous ne devez surtout pas dire : « Je vous envoie un mél. » Le terme « mél. » ne s'utilise que pour transmettre une adresse de messagerie électronique. *Je vous donne mon mél. : marie-chantal@orange.fr.* On notera la ponctuation : d'abord un point (il fait partie de l'abréviation « mél. »), puis espace, deux points puis de nouveau espace.

D

Décade / Décennie

Voilà une regrettable confusion qu'il vous faut absolument éviter. Le mot français « décade » désigne une période de dix jours, tandis que « décennie » se rapporte à une période de dix ans. Rien de plus simple ! L'erreur fréquente vient probablement d'une fâcheuse influence de la langue anglaise dans laquelle *decade* couvre effectivement une période de dix ans.

De concert / De conserve

Le premier sens (XVIe siècle) du mot « concert » se rapproche de termes comme « accord », « entente ». D'où l'expression figée : *Le concert des nations*. Le mot s'est rapidement enrichi d'une nuance qui évoque l'entente parfaite, l'harmonie, voire le plaisir. Ce qui a donné « de concert ». *Robert et ses collègues travaillent de concert à l'élaboration de cet important projet.*

De son côté, la locution adverbiale « de conserve » prend racine dans l'expression maritime « naviguer de conserve », c'est-à-dire naviguer en conservant la vue sur les bateaux qui se dirigent vers la même destination (ou dans la même direction) que la sienne. Ainsi, des bâtiments qui naviguent de conserve suivent une route maritime semblable. Par analogie et par extension, les expressions « aller de conserve » ou « agir de conserve » qualifient des individus qui s'organisent pour atteindre un objectif commun. Et qui, là encore, le font en parfaite harmonie.

Démystifier / Démythifier

Pour enlever à une chose son pouvoir mystificateur, il faut la démystifier. Selon le contexte, le verbe est assez proche de « désacraliser », voire de « banaliser ». Dans l'action qui consiste à « démystifier », on prive quelque chose de son mystère, de son attrait, pour le montrer sous son vrai jour. Il s'agit donc de détromper les victimes d'une mystification. *Il faut démystifier toutes les démarches superstitieuses.*

Quant au verbe « démythifier », il porte en lui l'idée de supprimer le caractère mythique, irréel ou idéalisé d'une chose, d'une notion ou d'un individu. *Certains universitaires se sont employés à démythifier l'œuvre de Victor Hugo. De nombreux ouvrages de vulgarisation ont contribué à démythifier la psychanalyse.*

Derechef

Souvent utilisé dans les textes littéraires, l'adverbe « derechef » signifie « une fois de plus ». *Heureux d'avoir obtenu une augmentation de salaire, Robert remercia derechef son patron.*

Dessin / Dessein

Robert nourrit le dessein de se remettre au dessin.
Quand vous formez le dessein de réaliser quelque
chose, vous envisagez un projet que vous allez donc
tenter d'accomplir. *Avoir des desseins* (avoir des pro-
jets). *Concevoir de noirs desseins, de vastes desseins.*
Évoquer des desseins secrets. C'est à dessein que
Robert n'a pas répondu au courriel de son chef de ser-
vice (il a fait exprès de ne pas répondre, c'est un geste
délibéré, intentionnel). *Sans dessein* (par hasard).
Dans le dessein de (dans l'intention de).
Si vous représentez par un moyen graphique un objet
(paysage, individu, etc.), vous dessinez. Vous réalisez
un dessin que vous avez auparavant imaginé ou vous
représentez un modèle placé devant vous. On pourrait alors concevoir que ce dessin a d'abord été… un
dessin.
Aujourd'hui, les noms « dessin » et « dessein » ont
incontestablement des sens différents et parfaitement
identifiés. Pourtant, ces deux mots possèdent la
même étymologie. Et, jusqu'au XVIIIᵉ siècle, le verbe
« dessiner » eut une double acception : « projeter »
et « tracer ». Issu de ce verbe, le nom « dessein » a
donc longtemps signifié « projet », mais aussi « représentation graphique ».

De suite

Voir aussi Suite à
La locution « de suite » signifie « sans interruption »,

« l'un après l'autre ». Vous ne pouvez donc pas l'employer dans le sens de « tout de suite ». Aussi est-il parfaitement ridicule de dire : « Je reviens de suite ». Cependant, vous pouvez dire : *Manifestement très ému, Robert ne savait prononcer deux phrases de suite.*

Deuxième / Second

Aucune règle n'établit de distinction entre « deuxième » et « second ». Même si certains puristes prétendent qu'il faudrait dire « deuxième » lorsque la suite se prolonge et « second » lorsqu'il n'y a que deux éléments. Les deux utilisations restent cependant correctes et rien ne vous interdit, dans la langue soignée, de respecter ce formalisme.

Évidemment, il convient d'utiliser « deuxième » dans la formation des adjectifs numéraux composés : *Vingt-deuxième, quarante-deuxième*, etc.

Par ailleurs, vous devez aussi maintenir la construction figée des expressions suivantes : *Des causes secondes. Être dans un état second. Une voiture de seconde main. Un capitaine en second.*

Notons aussi au passage qu'il faut écrire : *Un deux-roues. Un deux-pièces. Un deux-mâts* (toujours avec un trait d'union).

Dû / Dus

Le participe passé masculin singulier du verbe « devoir » est le seul à prendre un accent circonflexe sur le « u ». Il s'écrit donc « dû ». *Robert a dû quitter*

son travail plus tôt que prévu. Ce salaire lui est dû.
Cette prime lui est due. Au regard de sa prestation, de
vives félicitations lui sont dues.

E

Eh ! / Hé ! / Eh bien !

Voir aussi Ô / Oh ! / Ho !

L'interjection « eh ! » (sans accent sur le « e ») est toujours suivie d'un point d'exclamation. Elle sert surtout à exprimer la surprise ou l'admiration. *Eh ! qui l'aurait cru ? Eh ! ce n'est pas si mal !* On notera qu'il n'y a pas de majuscule pour le mot qui suit le premier point d'exclamation.

Souvent suivie d'un point d'exclamation, l'interjection « hé » (avec un accent aigu sur le « e ») sert plutôt à interpeller, à attirer l'attention ou à donner un avertissement. *Hé vous, là-bas, que faites-vous ? Hé oui ! Hé, hé, pourquoi pas ? Hé ! vous, venez me voir ! Hé ! bonjour l'ami !* Là encore, on notera qu'il n'y a pas de majuscule pour le mot qui suit le premier point d'exclamation.

Quant à la locution « eh bien », elle est suivie d'une virgule, d'un point d'exclamation ou d'un point d'interrogation. Mais il n'y a jamais de point de ponctuation entre « eh » et « bien ». *Eh bien, vous n'avez vraiment pas de chance. Eh bien ! en voilà des manières ! Eh bien ? que faites-vous là ?*

Éminent / Imminent

Selon d'éminents géologues, la fonte des glaces est un danger imminent pour notre planète. L'adjectif « éminent » qualifie une chose (notion ou action) exceptionnelle, hors du commun. Quand il s'applique à un individu, le mot devient synonyme de distingué, remarquable. Un éminent personnage dans un domaine donné s'appelle souvent une sommité. De son côté, l'adjectif « imminent » signifie : qui va arriver très prochainement. Le terme peut aussi se substituer à « menaçant ». *Robert a prononcé un éminent discours. Le père de Marie-Chantal figure parmi les plus éminents avocats de la capitale. Le chef de gare nous annonça l'arrivée imminente du train.*

Encre

Voir Ancre / Encre

En tant que de / autant que de (besoin, raison)

La tournure « en tant que de besoin (ou de raison) » est parfaitement correcte. On a dit pendant longtemps qu'une chose est « de besoin » pour signifier qu'on en avait expressément besoin. La formule « en tant que de besoin » (en tant que cela est de besoin) signifie : dans la mesure où l'on en a besoin. De même, « en tant que de raison » équivaut à : dans la mesure où cela est raisonnable.

Vous devez donc formellement bannir la formulation

« autant que de besoin (ou de raison) » qui ne possède aucune réalité sémantique et qui dérive de la déformation de « en tant que ».

Entrer / Rentrer

Le verbe « rentrer » s'utilise uniquement lorsque l'action décrite exprime clairement l'idée d'entrer de nouveau, une nouvelle fois. On rentre lorsque l'on revient dans un endroit que l'on a précédemment quitté. Dans les autres cas, lorsqu'il n'y a pas de notion de répétition ou de retour, il convient donc d'utiliser « entrer ». *Le frère de Robert vient d'entrer dans la fonction publique. Marie-Chantal a rentré sa voiture au garage. Le remplaçant est entré sur le terrain dix minutes avant la fin du match. Le père de Julie est entré dans une maison de retraite. Ce soir, Robert va rentrer plus tard qu'à l'accoutumée.*

Toutefois, « rentrer » peut fort opportunément s'employer dans une forme figurée. *Rentrer dans ses droits, dans ses dépenses, dans ses frais,* etc. On peut aussi dire : *Rentrer ses griffes, sa colère, le ventre ou les foins.* Enfin, le verbe « rentrer » s'utilise également pour des éléments qui s'emboîtent, s'enfoncent, pénètrent. *Certes maladroit, Robert a toutefois fait rentrer un clou dans le mur. Ces boîtes rentrent les unes dans les autres.*

Espace (un et une)

Le mot « espace » est bien un substantif masculin lorsqu'il désigne une distance, un écart, une étendue géographique ou temporelle. *Un grand espace vert. Un espace entre deux objets. Un long espace de temps. Un espace entre deux dates*, etc.

Mais « espace » devient un substantif féminin lorsqu'il définit, en matière typographique, l'intervalle qui sépare deux caractères (lettres, signes de ponctuation...) et qui se traduit par un blanc à l'impression. Aussi faut-il écrire : *Dans la langue française, il y a une espace après les points de ponctuation. Dans la phrase qui précède, il y a une espace entre le mot « espace » et le mot « après »*.

Espèce de (une)

Sans aucune contestation possible, vous devez toujours dire et écrire : une espèce (le mot « espèce » est un nom féminin). Y compris dans la locution figée « une espèce de » qui signifie « une sorte de ». Il s'agit d'une faute très grossière que d'employer « un espèce de » sous prétexte qu'un nom au masculin suit l'expression. *Une espèce d'imbécile. Une espèce de fou. Une espèce de camion. Une espèce de manteau.*

Étique / Éthique

Dans le langage littéraire, l'adjectif « étique » caractérise un individu (ou un animal) d'une extrême maigreur, décharné, squelettique, desséché. *Après deux mois de grève de la faim, Robert est devenu étique.* Et une personne étique souffre d'étisie.

Mais lorsque vous évoquez la science et la théorie de la morale, vous parlez cette fois d'éthique (substantif féminin). L'adjectif « éthique » qualifie tout ce qui concerne la morale. Ainsi parle-t-on d'une démarche, de préceptes, jugements, commerce, produits, services éthiques. Quant à la charte éthique, elle précise ou impose des engagements qui tiennent comptent de critères moraux, sociaux, environnementaux...

Évoquer / Invoquer

Voilà deux verbes à ne pas confondre. Quand il s'agit de rendre présent à l'esprit (d'éveiller l'idée de quelqu'un ou de quelque chose), il faut utiliser « évoquer ». Le verbe prend ici le sens de « remémorer », « susciter ». Mais il peut aussi se substituer à « décrire », « aborder ». *Robert a évoqué la mémoire de son père récemment disparu. Julie aime à évoquer les côtes escarpées de sa Bretagne natale. Face à son patron, Marie-Chantal a évoqué la question de son augmentation de salaire.*
Lorsqu'il s'agit d'appeler à l'aide (d'avoir recours à quelqu'un ou quelque chose), là, il convient d'employer « invoquer ». *L'avocat invoque tel ou tel article de loi pour plaider la cause de son client. Ils ont invoqué l'aide de l'État. Invoquer Dieu* (appeler à l'aide par des prières).

F

Faire long feu

Avec une arme dont la poudre humide (ou de mauvaise qualité) brûle trop lentement, la cartouche (le coup de feu) part avec un retard certain. En conséquence, elle a peu ou moins de chance d'atteindre son objectif.

Ainsi, dans un sens figuré, l'expression « faire long feu » signifie : ne pas atteindre son but. *Au cours de son pot de départ, une vieille blague de Robert a fait long feu* (la plaisanterie n'a pas fait rire l'assemblée). Ainsi, dans sa forme négative, la formulation « ne pas faire long feu » illustre la notion de brièveté. Sans ambiguïté possible, elle équivaut à : ne pas durer longtemps. *L'idylle entre Julie et Robert n'a pas fait long feu. Le dîner n'a pas fait long feu.*

Figures de style

En s'éloignant d'une structure neutre de la phrase, la figure de style exprime les choses, les actions et les idées d'une manière étonnante, frappante, voire surprenante. Originale, la figure de style attise la curiosité du lecteur et elle contribue à susciter (ou à prolonger) son intérêt pour la narration. Il existe un nombre considérable de figures de style qui jouent soit sur le sens ou la forme des mots, soit sur la construction de la phrase. On utilise tous très couramment des figures de style, aussi bien à l'écrit qu'à l'oral. Et, le plus souvent, sans en connaître le nom.

L'antonomase consiste à remplacer un nom commun par un nom propre ou, à l'inverse, à remplacer un nom propre par un nom commun ou par une périphrase. *Le père de la tragédie* (pour Corneille). *La Vierge* (Marie, la mère de Jésus-Christ). *Robert se comporte en Don Juan* (séducteur).

L'euphémisme exprime de manière adoucie un concept dont l'expression directe serait considérée comme brutale, déplaisante ou choquante. *Le père de Julie est non-voyant (aveugle). La mère de Marie-Chantal nous a quittés récemment* (elle est morte).

L'hyperbole exprime de façon exagérée une idée ou un sentiment. Elle se rapproche de l'emphase ou de l'exagération. Comparaison irréaliste, métaphore, emploi de mots excessifs ou impropres, emploi abusif de superlatif, etc., restent les habituels procédés permettant de créer des hyperboles. *Une histoire vieille comme le monde. Julie a les enfants les plus doués de la planète. Le copain de Robert est fort comme un bœuf. Robert rentra du travail mort de fatigue. L'orage soudain trempa Marie-Chantal jusqu'aux os.*

La litote consiste à dire moins pour suggérer bien davantage. Une telle figure de style atténue l'idée exprimée… pour mieux la mettre en évidence. Le plus souvent, la litote se fabrique en utilisant à la forme négative le contraire du mot que l'on veut exprimer : *Le frère de Robert n'est pas très beau* (il est laid). *Julie n'est pas bien riche* (elle est pauvre). *Cette soupe n'est pas fameuse* (elle est mauvaise). *Il ne fait pas très chaud* (il fait froid). *Je ne suis pas fâché de quitter cette entreprise* (je suis heureux de partir).

La métaphore établit une comparaison entre deux réalités. Et la formulation se fonde sur une analogie que l'auteur instaure entre les deux référents. De surcroît, la métaphore se passe d'élément grammatical comparatif (par exemple, comme, ainsi que, tel, semblable à, etc.). *En affaires, Robert se conduit en véritable requin. Ce livre est un monument de bêtise. L'échec se transforme parfois en source de chagrin. Il y avait une mer de manifestants entre Nation et Bastille.*

La métonymie permet d'exprimer un concept au moyen d'un mot qui désigne un autre concept. Sachant qu'une relation unit obligatoirement les deux choses (la cause pour l'effet, le contenant pour le contenu, le signe pour la chose désignée). *Robert va boire un verre en sortant du bureau. En criant ainsi, vous allez ameuter tout l'immeuble. Julie écoute Mozart en travaillant* (l'auteur pour l'œuvre).

L'oxymore (ou oxymoron, nom masculin) unit deux mots de sens apparemment contradictoire. Nous flirtons ici avec la notion de paradoxe. *Julie nous fit une merveilleuse grimace. La lune jeta sur le chemin une obscure clarté. La fin du discours fut ponctuée d'un silence assourdissant. Cet auteur est un illustre inconnu. Ce serait bien de te faire une douce violence.*

La périphrase se compose d'une suite de mots qui désigne quelque chose (ou quelqu'un). Elle permet d'éviter la répétition du mot exprimé sous forme de périphrase. *Le pays du soleil levant* (Japon). *Le septième art* (cinéma). *Les miroirs de l'âme* (yeux). *Le plus vieux métier du monde* (prostitution). *Le plancher des vaches* (sol). *Ne pas avoir toute sa tête* (être fou). *La Ville Lumière* (Paris). *Le Père de la psychanalyse* (Freud).

La prétérition consiste à affirmer que l'on ne parlera pas de quelque chose... dont on parle. *Ne comptez pas sur moi pour dire du mal de Robert. Je ne vais quand même pas vous révéler cette histoire de trafic d'armes entre la France et l'Angola. Je ne vous ferai pas l'affront de vous rappeler que vous n'obtiendrez pas d'augmentation de salaire. Ce pauvre Dupont, pour ne pas le nommer, est un imbécile.*

La synecdoque est une sous-catégorie de la métonymie. Ici, on prend la matière pour l'objet, la partie pour le tout. *Un fer* (une épée). *Une voile* (un bateau).

Fruste / Rustre

Ces deux adjectifs possèdent des acceptions relativement proches et largement détaillées au mot « Gros-
sier » dans la *Petite anthologie des mots rares et
charmants* (Albin Michel, 2007). Mais c'est plutôt la
graphie qui nous intéresse ici : « fruste » ne prend
qu'un seul « r » tandis que rustre en prend deux.
Un individu fruste apparaît le plus souvent comme
un sympathique balourd, un peu rude et mal
dégrossi. Il s'agit d'une sorte de lourdaud maladroit.
Dans son sens premier, le terme désignait un objet
usé. Ainsi parlait-on d'une statue, d'une pierre ou
d'une monnaie fruste, autrement dit de choses alté-
rées par le temps.
De son côté, le rustre (substantif masculin et adjectif
datant du XIIᵉ siècle) semble cumuler toutes les tares
dont on affuble le gougnafier, le mufle et le goujat.
Brutal et sans éducation, le rustre dégage une sorte
de bestialité primitive.

G

Gallon / Galon

Le gallon est une mesure de capacité utilisée par les Anglo-Saxons pour les grains et les liquides. Elle équivaut à 4,54 litres en Grande-Bretagne et au Canada, et à 3,78 litres aux États-Unis.

Quant au mot « galon » il désigne soit un ruban de passementerie servant à orner les vêtements, soit le signe distinctif des grades et des fonctions dans l'armée. *Des galons de soie. Porter des galons à l'épaule. Prendre du galon* (monter en grade, obtenir de l'avancement ou une promotion).

Gent

Le substantif féminin « gent » ne s'emploie plus guère que dans des tournures ironiques ou très littéraires pour désigner un ensemble de personnes soudées par des considérations communes. Le mot prend alors le sens de « famille ». *La gent politique, télévisuelle, enseignante, féminine*, etc. Quant à l'adjectif « gent », il qualifie une personne aimable, gracieuse et séduisante : *Marie-Chantal a toutes les qualités d'une gente demoiselle.*

Goulet / Goulot

Il existe une réelle différence entre ces deux mots. « Goulet » désigne une entrée ou un couloir étroits, notamment en montagne, dans un port ou une rade. Par extension, vous pouvez utiliser « goulet » pour parler de toute forme de rétrécissement qui entraîne une difficulté de passage et retarde le déroulement d'un processus. *Les péages d'autoroutes créent souvent un goulet.* Dans le langage familier, l'usage tente d'imposer l'expression figée « goulet d'étranglement ». Ce qui constitue à l'évidence un parfait pléonasme. Il convient d'écrire : *Nous avons franchi le goulet du péage de l'autoroute.*

Quant au mot « goulot », il doit uniquement s'appliquer pour désigner le col étroit d'un récipient (vase, bouteille, etc.).

Grâce à / À cause de

La locution prépositive « grâce à » s'utilise pour évoquer une conséquence heureuse, tandis que « à cause de » aboutit forcément à parler d'un résultat malheureux. En effet, « grâce à » signifie « au moyen de », « à l'aide de » (quelqu'un ou quelque chose). L'expression « à cause de » signifie « en raison de », « en considération de », « par la faute de ». *Julie a trouvé du travail grâce aux bons conseils de Robert. Il a gagné la course grâce aux encouragements du public. Marie-*

Chantal a raté son train à cause des embouteillages. Julie ne peut pas faire de sport à cause de son état de santé.

Gradation / Graduation

Ces deux noms de genre féminin ne doivent pas se confondre. La gradation concerne le passage par degrés successifs d'un état à un autre. La graduation correspond à l'action de graduer en divisant par degrés d'égales valeurs. On parle donc de la graduation d'un instrument de mesure et, par analogie, de tout autre système. *Le coucher du soleil offre une infinie gradation de couleurs. Ce tableau propose une subtile gradation de nuances. Pour cet examen, il nous faudra procéder à une graduation précise de la notation. Sur le vieux mètre de Robert, la graduation est partiellement effacée.*

Gré

Le substantif masculin « gré » (Xe siècle) vient du latin *gratum* qui peut se traduire par « agréable » ou « bienvenu ». Le mot apparaît ainsi dans de multiples formulations souvent employées à contresens :
— À votre gré : selon votre goût, votre volonté, votre convenance.
— Au gré de : selon les circonstances (*Le bateau avance au gré du vent*).
— À mon gré : à mon avis, selon moi (*Cette solution s'impose, à mon gré*).
— De son plein gré : volontairement, de bonne grâce, sans regimber.

— De gré ou de force : que cela plaise ou pas *(De gré ou de force, tu feras tes devoirs)*.

— De gré à gré : à l'amiable.

— Contre le gré de (quelqu'un) : contre la volonté de *(Robert s'est marié contre le gré de ses parents)*.

— Bon gré mal gré : en se résignant, malgré soi *(Bon gré mal gré, Marie-Chantal doit travailler le samedi)*.

Quant à l'expression « savoir gré », elle signifie que l'on exprime sa gratitude, sa reconnaissance. *Marie-Chantal sut gré au Dr Dupuis d'avoir bien soigné Robert.* Aussi doit-on absolument écrire : *Je vous saurais gré de bien vouloir… Nous vous saurions gré…* Et non pas : « Je vous serais gré… »

Toujours dans la même famille étymologique, le verbe « agréer » peut remplacer « plaire », « convenir ». *Marie-Chantal agrée à Robert. Venez à la maison si cela vous agrée.* Mais, dans les formules de politesse, il peut aussi s'employer pour « accueillir avec faveur », voire pour « accepter ». *Merci de bien vouloir agréer la demande de mon jeune neveu. Veuillez agréer ma profonde sympathie.* Enfin, une personne ou une chose peuvent avoir été agréées par un organisme. *Un médecin agréé par une mutuelle. Un club sportif agréé par la fédération.*

H

Hache

Voir Ache / Hache

Haler / Hâler

Robert alla haler des voiliers sur la plage et en revint hâlé. Lorsqu'il s'agit de remorquer quelque chose, le plus souvent à l'aide d'un cordage, il convient d'utiliser le verbe « haler ». *Autrefois, le long des canaux, les chevaux halaient des péniches. Du nerf, Robert ! Il faut haler ton bateau sur la grève.* Avec un accent circonflexe sur le « a », le verbe « hâler » se pose en synonyme de « bronzer », « brunir ». *La peau se hâle sous l'action du soleil, mais aussi du vent. Au retour de ses vacances en Bretagne, Marie-Chantal avait le teint hâlé.*

Le haricot / L'haricot

Dans le mot « haricot », le « h » est dit « aspiré ». En conséquence, cela impose que ce mot soit prononcé séparément de celui qui le précède (au singulier comme au pluriel). Vous devez donc écrire et dire : *Le haricot. Un beau haricot* (pas « un bel haricot »). De même, vous devez dire : *La hache, le hamster, le hangar, le hareng, une hernie* (et non pas « une (n)hernie »), *un huis-clos*, etc.

Héraut / Héros

Les hérauts sont fatigués d'entendre parler des héros du passé. Dans son acception moderne et figurée, le héraut se place en défenseur d'une idée nouvelle. Il annonce la venue de quelqu'un ou de quelque chose. Le mot peut ainsi se substituer à « messager ». D'ailleurs, dans sa fonction d'officier, le héraut du Moyen Âge avait la charge de transmettre les messages ou les proclamations solennelles.
Individu doté d'un courage hors du commun, le héros n'hésite pas à affronter les situations les plus périlleuses au péril de sa vie. *André Breton et Philippe Soupault furent les hérauts du mouvement surréaliste. Le grand-père de Robert a été un héros de la Seconde Guerre mondiale.*

Hiberner / Hiverner

Les animaux qui passent l'hiver dans un état d'engourdissement ou de profonde léthargie hibernent. L'hibernation entraîne chez eux une baisse notable de la température du corps (hypothermie), mais aussi des rythmes respiratoire et cardiaque. Autrement dit, leurs fonctions physiologiques tournent au ralenti. Cette adaptation au froid leur permet de ne pas avoir à migrer. *La marmotte et l'écureuil hibernent.*

Quant au verbe « hiverner », il s'appliqua tout d'abord aux navires, ou aux soldats qui se retranchaient dans un lieu protégé pour passer l'hiver. « Hiverner » a donc un sens très simple : passer l'hiver à l'abri. Le verbe peut aussi s'appliquer à toutes sortes d'animaux qui, à défaut d'hiberner, se réfugient dans un abri, un lieu protégé des intempéries ou migrent vers des climats plus chauds.

I

Impératif

À la deuxième personne du singulier de l'impératif, il n'y a pas de « s » final pour les verbes du premier groupe. *Donne-lui à manger. Regarde-le à la télévision. Balaie la cour. Marche plus vite. Va voir ta mère. Mange ta soupe.* Il ne faut pas non plus de « s » final pour une série de verbes qui n'appartiennent pas au premier groupe. *Accueille, aie* (de « avoir »), *assaille, couvre, cueille, défaille, offre, ouvre, recueille, sache, souffre* et *veuille*. Mais il faut un « s » final pour les verbes des autres groupes. *Écris un mot d'excuses. Cours vite pour ne pas arriver en retard. Finis ton assiette.*

Si le verbe précède les pronoms « en » ou « y », il faut cette fois ajouter un « s » final que l'on qualifie d'« euphonique ». En effet, cela évite le contact entre deux voyelles. *Manges-en sans hésiter* (mais : *Mange ta soupe*). *Regardes-y de plus près. Cueilles-en le plus possible. Vas-y sans tarder. Penses-y dès ton retour.* Mais vous ne devez pas mettre de « s » final (ni de trait d'union) si un infinitif suit l'impératif. *Va y mettre ton nez. Va en chercher dans la cave.* Exception avec le verbe « laisser » : *Laisses-en échapper quelques gouttes.*

Notez que « en » ou « y » utilisés dans une forme impérative se placent toujours après le pronom conjoint. Il faut impérativement écrire : *Mettez-m'en trois kilos* (et non pas « mettez-en-moi »). *Parlez-m'en avant de partir* (et non pas « parlez-en-moi »). En conséquence, aussi curieux que cela puisse paraître, les constructions suivantes (certes fort peu usitées) restent parfaitement correctes : *Menez-m'y dans une heure* (et non pas « menez-y-moi », ni « menez-moi-z-y »). *Fie-t'y* (et non pas « fies-y toi »). *Mets-t'y au plus vite* (et non « mets-toi-z-y »). *Faites-l'en sortir demain. Placez-l'y en rentrant. Prends-t'y adroitement. Rends-t'y ce soir. Rends-t'en compte.* Mais vous pouvez toujours opter pour une formulation plus simple : *Voulez-vous m'y mener dans une heure ? Tu peux t'y fier*, etc.

Subtilités : *Laisse-la-nous à la maison. Allons-nous-en. Montrez-le-lui. Rends-le-moi* (deux traits d'union car les deux pronoms dépendent de l'impératif). Mais *Laisse-la nous raconter une histoire. Envoie-le y passer des vacances* (un seul trait d'union car le second pronom dépend de l'infinitif).

Impératif / Impérieux

Les adjectifs « impératif » et « impérieux » ne peuvent pas se substituer l'un à l'autre. En effet, « impératif » qualifie une chose et prend le sens d'obligatoire. De son côté, « impérieux » ne veut pas seulement dire « qui exprime un ordre ». Car « impérieux » suppose un ton (un caractère, une attitude) qui ne reconnaît aucune résistance. Cependant, une consigne, un geste ou un air peuvent être impératifs ou impérieux. Tandis que l'on évoque plutôt une obligation, un besoin ou un devoir impérieux. Doté d'une valeur psychologique, « impérieux » renforce la volonté d'autorité, nuance que ne possède pas « impératif ». *Ces consignes de sécurité sont impératives* (on peut admettre « impérieuses »). *Marie-Chantal ne supporte plus le ton impérieux de son patron* (ici, « impérieux » s'impose).

Initialiser / Initier

Apparu après 1970, « initialiser » dérive du verbe anglais *to initialise.* Il s'applique en premier lieu au secteur informatique. Initialiser un ordinateur (ou d'autres outils informatiques) consiste à effectuer une série d'opérations préétablies par le constructeur. Objectif : permettre ensuite le fonctionnement permanent de la machine. Appliqué au secteur informatique, « initialiser » a aussi le sens de « formater ». Par extension, « initialiser » en vient aujourd'hui à évoquer la notion de « commencer », « amorcer ».
Le verbe « initier » n'a donc rien à voir avec le fait d'initialiser. Ainsi, celui qui fait accéder quelqu'un à des connaissances va l'initier. Le terme prend ici le sens de « apprendre », « conduire », « enseigner », « instruire ». *Robert a initié Marie-Chantal à l'informatique, si bien qu'elle sait désormais initialiser son ordinateur portable sans aide extérieure.* On peut également initier un ami aux arcanes de la Bourse (de la

politique, du poker, des paris). Là, le verbe se teinte d'une nuance proche de la révélation de spécificités souvent complexes. D'ailleurs, la première acception du terme « initier » touche précisément aux mystères supposés. Ainsi doit-on se faire initier pour entrer dans une société secrète comme la franc-maçonnerie. Mais aussi dans tout autre groupe fermé qui exige de ses adeptes une initiation (un rituel, le plus souvent collectif, qui débouche sur l'admission au sein du groupe).

J

Jadis / Naguère

Ces deux adverbes ne peuvent absolument pas se substituer l'un à l'autre. En effet, « jadis » renvoie à un passé très éloigné. Il faut le considérer comme un synonyme de « autrefois ». Au contraire, « naguère » se réfère à un événement relativement récent. Fondamentalement, ce mot signifie : il n'y a guère de temps. Ou, plus simplement : récemment. *Jadis, les soldats de l'armée romaine adoraient Mithra, le dieu perse de la lumière et de la sagesse. Les seigneurs donnaient jadis des fêtes somptueuses dans leurs châteaux. Naguère, ce quartier ne manquait pas de charme.*
Notons que « jadis » peut aussi être adjectif dans l'expression figée « le temps jadis ». *Les dames du temps jadis. Regretter de ne pas avoir connu le temps jadis.*

Jours et mois

Les noms des jours de la semaine, mais aussi les noms des mois, sont des substantifs communs. Ils ne prennent donc pas de majuscule et s'accordent au pluriel. *Marie-Chantal prend des leçons de piano tous les mardis, sauf pendant le mois d'août.*

L

La / Là

Article défini, « la » précède le nom féminin singulier qu'il détermine. *La voiture de Robert. La maison de mes parents.*

« La » devient pronom personnel de la troisième personne du singulier lorsqu'il précède un verbe. Dans ce cas, « la » remplace un nom ou un pronom féminin qui a déjà été exprimé (ou le sera ensuite). *Robert n'apprécie pas trop sa belle-mère, en réalité, il la déteste ! J'aime beaucoup cette chemise et je la porte souvent.*

Enfin, le nom masculin invariable « la » désigne la sixième note de la gamme. *Un diapason donne le* la.

Avec un accent grave sur le « a », « là » prend la forme d'un adverbe de lieu. *Ici et là.* On peut aussi remplacer « là » par « maintenant ». *Le stylo est là, devant tes yeux, sur le bureau. Robert sera là dans peu de temps. Ce garçon-là manque de tact. Ce pianiste-là ne manque pas de talent* (présence d'un trait d'union).

« Là » se rencontre aussi dans de nombreuses locutions adverbiales : *Là-haut, là-bas, au-delà, jusque-là, çà et là, par là*, etc.

Langouste / Mangouste

Le mot « langouste » désigne un crustacé marin comestible très recherché. À la différence du homard, la langouste ne possède pas de grosses pinces. Quant au terme « mangouste », il regroupe plusieurs petits mammifères carnivores qui vivent en Afrique et en Asie. La mangouste mesure environ 65 centimètres de long et elle est dotée d'un museau pointu, d'une longue queue et de courtes pattes. Elle se nourrit de rongeurs et n'hésite pas à attaquer les serpents. Constamment dressé sur ses pattes arrière pour mieux observer le terrain, le très étonnant suricate (facile à apprivoiser) appartient au groupe des mangoustes.

Levée / Lever

Voir aussi Lever / Soulever

Le substantif féminin « levée » indique l'action de lever ou d'enlever. On rencontre surtout ce terme dans de nombreuses expressions figées. *Une levée de boucliers* (montrer son opposition, se rebeller, comme le faisaient les soldats romains qui levaient leur bouclier pour protester contre un général). *La levée des scellés. La levée d'un blocus. La levée du corps* (cérémonie qui se déroule devant le cercueil d'un défunt). *La levée d'une séance* (cessation). *La levée d'écrou* (libération). *Les heures de levée du courrier* (ramassage).

Quant au substantif masculin « lever », il correspond à l'action de sortir du lit. Donc de « se lever » (pas de lever quelque chose). *Le lever du Roi-Soleil ne manquait pas de fastes. Demain, le lever aura lieu à six heures.* Ce terme se rencontre encore dans une autre expression qui annonce une représentation qui se déroule avant le spectacle principal. *Un match de football, une pièce, un chanteur en lever de rideau.*

Lever / Soulever

Voir aussi Levée / Lever

Dans son sens le plus courant, le verbe « lever » signifie que l'on déplace quelque chose de bas en haut. Dans cette principale acception, « lever » apparaît donc comme un synonyme de « soulever » : *Lever un paquet.* Mais le verbe « lever » a aussi un sens très particulier réservé au domaine de la chasse. Ainsi, « lever un animal » indique que le chasseur le fait sortir de son gîte. *Lever un lièvre, un canard sauvage*, etc. Dans ce sens-là, vous ne devez donc jamais dire « soulever un lièvre ». Mais la formulation peut toutefois s'employer si vous soulevez réellement l'animal !

Liaisons

La liaison se fait entre un mot qui se termine par une consonne et un mot qui commence par une voyelle (ou par un « h » non aspiré). La liaison peut être obligatoire, facultative ou interdite.

Liaisons obligatoires

Liste non exhaustive : *Des (z)amis, tout (t)homme, un (n)ancien (n)usage, ils (z)aiment, on (n)aime, ils vous (z)aiment, ils (z)y vont, venons (z)-en, allez (z)-y, elle est (t)épatante, c'est (t)à voir, trop (p)étroit, bien (n)aise, dans (z)une minute, un pot (t)-au-feu, mot (t)à mot, un (n)hameçon, une (n)héroïne, un (n)héroïque soldat, de temps (z)en temps.*

Liaisons interdites

— Après la conjonction « et ». *Un fils et un père.*
— Après la consonne finale d'un nom au singulier. *Un temps idéal, un ciel azur, un nez aquilin.*
— Après le « s » intérieur dans les locutions nominales au pluriel. *Des moulins à poivre.*
— Après la finale « es » de la deuxième personne du singulier de l'indicatif présent et du subjonctif présent. *Tu portes un manteau gris. Il faut que tu lui écrives une lettre.*
— Après les mots terminés en « rt » on « rs ». Sauf s'ils sont suivis de « il, elle, on » et sauf s'il s'agit du « t » de l'adverbe *fort* ou du « s » de *toujours*. *De part en part, tu pars à cinq heures.* Mais on dit : *Où dort-(t)on ? À quelle heure part-(t)il de son travail ? Un garçon fort (t)aimable, Marie-Chantal arrive toujours (z)à l'heure.*
— Devant « un, oui, onze ». *Des oui, dès onze heures.*
— Devant les noms de lettres de l'alphabet. *Des « e », des « o ».*

Liaisons dangereuses

De malencontreuses liaisons ponctuent parfois les
conversations, débats et journaux radiotélévisés.
Parmi ces multiples liaisons qui arrivent mal (t)à propos, relevons quelques classiques : *Marie-Chantal va
(t)au cinéma. Robert s'est mis (t)au travail. L'arbitre a
cru (t)apercevoir une faute. Il y a vingt (z)automobiles
en course. Les trente-huit (z)ouvrages de cet auteur
prolifique. Il est venu aujourd'hui (z)encore.*
Notons qu'une liaison erronée s'appelle un « pata-
quès ». Mais les spécialistes parlent aussi d'un
« cuir » ou d'un « velours ». Le cuir consiste à remplacer une liaison en « z » par une liaison en « t ». Le
velours consiste à effectuer une liaison en « z » à la
place d'une liaison en « t ».

Lice / Liste

Champ clos limité par des palissades et où l'on dis-
putait des tournois, la lice a tout naturellement
donné l'expression « entrer en lice », qui signifie
concourir, entrer dans la compétition. Et les concurrents (ou candidats) qui restent en lice peuvent conti-
nuer de participer aux épreuves. Ils sont toujours
admis (au sens figuré) dans la lice, c'est-à-dire dans
l'enceinte (le terrain) où la joute se déroule.
L'ensemble de ces vainqueurs potentiels constitue
bien sûr une liste. Il ne faut donc pas confondre la
liste des cyclistes engagés dans le Tour de France et
les coureurs qui entrent en lice le jour de la première

étape. Dans le premier cas, il s'agit d'une simple énumération de noms. La seconde acception introduit l'idée de s'engager concrètement dans une lutte, un combat, une compétition. Donc d'entrer en lice.

La lice est aussi le garde-fou d'un pont de bois ou la clôture qui longe une piste d'équitation, d'hippodrome, de foire.

Locutions latines

Les expressions latines suivantes ne prennent pas de trait d'union : *ad vitam æternam* (pour la vie éternelle, pour toujours), *a fortiori* (à plus forte raison), *alter ego* (un autre soi-même, grand ami, personne de confiance), *a posteriori* (en partant de l'expérience acquise), *a priori* (sans se fonder sur l'expérience acquise), *carpe diem* (profite du jour, jouis de l'instant présent), *de facto* (de fait), *de visu* (d'après ce que l'on a vu), *deus ex machina* (dieu descendant d'une machine, personne ou événement apportant un dénouement inespéré), *et cætera* (et le reste), *ex abrupto* (brusquement), *ex æquo* (à égalité), *ex cathedra* (du haut de la chaire, d'un ton doctoral), *ex nihilo* (en partant de rien), *grosso modo* (en gros, sommairement), *id est* (c'est-à-dire), *in extenso* (dans son intégralité), *in extremis* (au dernier moment, de justesse), *in fine* (à la fin, en fin de compte), *in memoriam* (en mémoire de), *in situ* (dans son milieu naturel), *in vitro* (dans le verre, en dehors de l'organisme), *in vivo* (dans le vivant, dans l'organisme), *ipso facto* (par le fait même, automatiquement), *manu militari* (par la main militaire, par la force militaire ou physique), *modus operandi* (manière de faire), *modus vivendi* (manière de vivre, accord trouvé entre deux parties), *nec plus ultra* (rien au-delà, le fin du fin), *nota bene* (notez bien), *persona grata* (personne bienvenue), *persona non grata* (personne considérée comme indésirable), *sine qua non* (condition indispensable), *statu quo* (état actuel des choses), *stricto sensu* (au sens étroit), *urbi et orbi* (à la ville et à l'univers, partout), *vox populi* (voix du peuple, opinion populaire).

À l'inverse, les locutions latines suivantes prennent un trait d'union : *ex-libris* (inscription apposée sur un livre pour en indiquer le propriétaire ou sa devise), *extra-muros* (hors les murs, hors des limites de la ville), *ex-voto* (suite à un vœu, objet placé en un lieu donné en signe de remerciements), *fac-similé* (reproduction exacte), *intra-muros* (dans les murs), *post-scriptum* (écrit après, petite note placée au bas d'une lettre, après la signature), *vade-mecum* (littéralement : viens avec moi, petit livre, pense-bête que l'on garde sur soi).

Rappelons que les locutions et expressions étrangères s'écrivent en italique. Elles peuvent toutefois rester en romain lorsqu'elles sont entrées depuis longtemps dans le vocabulaire français. Ou, bien sûr, lorsqu'elles ont été francisées.

M

Macabre / Morbide

« Macabre » qualifie tout ce qui concerne la mort, les cadavres et les squelettes. Par extension, l'adjectif peut aussi s'employer pour caractériser ce qui est triste, funèbre, noir, lugubre ou sinistre. « Morbide » se rapporte à la maladie. Le mot est également associé à un dérèglement psychique ou à une attitude qui flatte les goûts pervers, malsains, dépravés. *La police a fait une macabre découverte. Une danse macabre* (représentation allégorique de la mort). *Le patron de Robert affiche une humeur macabre. Marie-Chantal ne cache pas son goût prononcé pour les plaisanteries macabres. Une obésité morbide* (sévère). *Un roman ou une pièce de théâtre morbide* (malsains). *Une curiosité morbide* (maladive).

Majuscules

Voir aussi Accentuation des capitales
Les majuscules employées à mauvais escient pullulent dans la plupart des documents. Y compris, malheureusement, dans certaines brochures officielles lorsqu'elles

ne passent pas entre les mains des experts de l'Imprimerie nationale. En fait, nombre de gens ont pris la fâcheuse manie de mettre une majuscule à des noms communs qui n'en méritent absolument pas. Comme s'ils voulaient donner une valeur majestueuse à des mots qui leur paraissent nobles ou respectables : (en vrac) *président, directeur, chef, loi, droit, médecin, docteur, professeur, cadre, avocat, juge, greffier, banquier, commissaire, inspecteur, douanier, maire, sénateur, député, ministre, conseiller général, écrivain, duc, baron, marquis, prêtre, évêque, rabbin, mollah*, etc. Tous ces mots (et tant d'autres) ne prennent jamais de majuscule. Et à ceux qui tenteraient de vous convaincre du contraire, demandez-leur s'ils mettent spontanément une majuscule à des mots comme « ouvrier » ou « manutentionnaire » ! Ce type de remarque a généralement pour conséquence de calmer votre interlocuteur.

Vous devez donc respecter les exemples qui suivent. Ils sont régis par le code typographique, une sorte de règlement élaboré par les professionnels de l'écrit, de l'édition et de l'imprimerie. Pour ceux qui souhaiteraient approfondir la question, il existe plusieurs ouvrages qui rassemblent les règles du code typographique. Notamment ceux de l'Imprimerie nationale et du Centre de formation et de perfectionnement des journalistes (CFPJ). Citons aussi le manuel de James Felici ou celui d'Yves Perrousseaux. Sans oublier les ouvrages du franco-canadien Aurel Ramat.

Institutions

Étudier à l'École normale supérieure. Entrer au Conseil d'État. Présider le Sénat.
Visiter les bâtiments de l'Académie française, de l'Institut de France, de la Haute Cour de justice, du Conseil de l'Europe, des Nations unies.
Être jugé par la Cour de cassation (majuscule à « cour », car elle est unique).
Être jugé par la cour d'appel de Paris (minuscule à « cour » car il y en a plusieurs).
Être élu au conseil général du Morbihan ou au conseil régional de Bretagne.
La grandeur de l'État.
La bibliothèque Mazarine.

Fonctions officielles

Le Premier ministre.
Le ministre de l'Économie et des Finances.
La mairie de Paris.
Le président de la République française.
Le président des États-Unis d'Amérique.

Géographie

Gravir le mont Blanc, escalader l'aiguille Rouge.
Habiter dans le massif du Mont-Blanc.
Passer ses vacances dans le causse Noir, au cap Corse, dans la baie des Anges.
Naviguer sur le fleuve Jaune, la mer Caspienne, la mer

Morte, la mer Rouge, la mer Noire ou sur l'océan Pacifique.

Vivre dans le golfe Arabo-Persique, dans la péninsule Antarctique, dans la péninsule Ibérique.

Camper sur l'île Longue ou dans les îles Anglo-Normandes.

Traverser le pont Neuf, la place Rouge.

Les Français, les Anglais, les Parisiens, etc. (majuscules, il s'agit de noms propres)

La cuisine française, les monuments anglais, les restaurants parisiens, etc. (minuscules, il s'agit d'adjectifs)

Les habitants du Sud sont partis vers le nord (majuscule lorsque vous souhaitez désigner une région, minuscule lorsqu'il s'agit d'une direction).

Le vent du nord

Le soleil se couche à l'ouest.

Le pôle Nord.

Vivre dans l'Ouest, en Occident, dans le Sud-Est asiatique, en Afrique du Sud.

Saints

L'apôtre saint Pierre (« saint » est ici adjectif).

La cathédrale Saint-Paul (pour les noms d'églises, lieux, rues, fêtes, etc. le mot « saint » est accolé au nom propre par un trait d'union et il prend donc une majuscule).

Le col du Grand-Saint-Bernard, la place Saint-Marc.

La Saint-Valentin.

Le duc de Saint-Simon.

La Sainte-Chapelle, le Saint-Siège, le Saint-Office, le

Saint-Esprit, la Sainte-Trinité, la Sainte-Alliance, le Saint-Empire.
Les feux de la Saint-Jean.
Les Saint-Germanois habitent Saint-Germain-en-Laye.

Histoire

La Guerre Froide, la Terre sainte, le Nouveau Monde, la Première Guerre mondiale, la Seconde Guerre mondiale
Les origines de l'Homme (il s'agit de l'Homo-Sapiens, une catégorie de l'ordre des Primates).
L'homme de Cro-Magnon, l'homme préhistorique, l'homme des cavernes.

Titres d'œuvres

Pour tous les titres d'œuvre, le premier terme (quel qu'il soit) prend bien évidemment une majuscule. Ensuite, les choses se compliquent ! De nombreux cas très spécifiques peuvent se présenter.
Si le titre commence par un article défini, le premier substantif qui suit cet article, mais aussi les adjectifs et/ou adverbes qui précèdent ledit substantif, prennent une majuscule. *Les Tribuns célèbres de l'histoire. Le Chat et ses mystères. Le Petit Chaperon rouge. Les Petites Histoires de la grande histoire. Les Très Riches Heures du duc de Berry. Les Plus Beaux Poèmes pour les enfants. Le Vilain Petit Canard.*
Si le titre ne commence pas par un article défini, seul le premier terme prend la majuscule. Attention, cette règle vaut aussi pour les titres qui se présentent sous

la forme d'une phrase conjuguée. *Petite anthologie des mots rares et charmants. À la recherche du temps perdu. Terre des hommes. Un taxi mauve. Le train sifflera trois fois. Les pingouins ne sont pas manchots. L'homme qui rit.*

Si le titre met en opposition (ou en parallèle) deux termes, on applique les règles déjà énoncées aux deux parties du titre. Toutefois, si la seconde partie commence par un article défini, celui-ci perd sa majuscule. *Le Rouge et le Noir. Les Poètes et le Rire. Vendredi ou les Limbes du Pacifique.*

Il s'agit ici de règles assez contraignantes, mais fort amusantes à appliquer (et à défendre !) dès que vous en aurez saisi toutes les subtilités. Toutefois, elles n'aboutissent guère à créer une réelle unité et elles ne permettent pas de gagner en lisibilité. Un lecteur attentif, mais qui ne connaît pas les arcanes du code typographique, pourrait même penser qu'il se trouve face à des erreurs de graphie. Aussi, certains journaux et éditeurs tout à fait respectables appliquent-ils parfois une règle de conduite interne. Ce que nous appelons, dans notre jargon, une « marche à suivre ». Encore faut-il qu'elle soit cohérente et appliquée par tous au sein d'un même producteur de documents imprimés !

Malgré que

Contrairement à une idée largement répandue, la locution conjonctive « malgré que » peut s'employer dans la langue surveillée avec le sens de « bien que ». Mais à condition d'utiliser le verbe « avoir » conjugué au subjonctif. En fait, « malgré que » vient de « mauvais gré ». Ainsi, l'expression « quelque mauvais gré que j'en aie » signifiait « en dépit de moi, de ma volonté ». Aussi peut-on légitimement écrire : *Je reconnais les mérites de mon père, malgré que j'en aie moi aussi. Marie-Chantal ne put cacher sa colère, malgré qu'elle en eût.*

Mandature

Voilà bien un pur néologisme fabriqué sans aucune raison. Le mot « mandat » existe et se suffit à lui-même. Il désigne la fonction, la charge publique et le pouvoir que confèrent l'élection, mais aussi la longueur de la période concernée. *Un mandat de maire. Remplir correctement son mandat. Un mandat de cinq ans.* Mais, comme souvent en pareille occasion, d'aucuns s'imaginent, à tort, que le mot « mandature » confère davantage de prestige à la chose qu'il désigne. Ils allongent donc des mots qui leur semblent trop simples, trop dépouillés.

En appliquant un raisonnement comparable, d'autres placent des majuscules dites « de majesté » à certains mots qui n'en exigent (et n'en méritent) absolument pas : directeur, président, avocat, médecin, etc. Sans oublier ceux qui travaillent, par exemple, dans la finance et qui mettent des majuscules inutiles à « banque », « banquier », « agence », « assurance », « argent », « chéquier », « crédit ».

Mangouste / Langouste

Voir Langouste / Mangouste

Mari / Marri

Le mari de Julie fut tout marri d'avoir oublié leur anniversaire de mariage. Le mari a épousé une dame !
Mais quelqu'un qui se dit « marri » de quelque chose
en est contrarié, attristé, désolé, consterné, triste ou
contrit. *Robert deviendra bientôt le mari de Marie-Chantal, et leurs parents respectifs en sont fort marris.*

Mémoire (un/une)

Lorsque vous parlez de la faculté qui consiste à se
souvenir d'événements passés, vous devez bien sûr
dire « la » mémoire. *Robert possède une bonne
mémoire. Marie-Chantal a de nombreux souvenirs
d'enfance gravés dans la mémoire. Chercher, fouiller
dans sa mémoire.*
Pour sa part, le substantif masculin « mémoire »
désigne un texte qui soutient les prétentions d'un
plaideur ou qui expose une requête officielle. *L'avocat de Robert avait rédigé un remarquable mémoire.
Il faudra bien se résigner à adresser un mémoire au
conseil général.*
Toujours utilisés au masculin pluriel, « des mémoires »
s'appliquent aux livres de souvenirs qui racontent
moult événements (souvent historiques) ayant émaillé
la vie d'une personnalité. Soit parce qu'elle y a participé, soit parce qu'elle en a été le témoin privilégié.

Nous sommes là entre le journal (écrit méthodique, chronologique, daté) et l'autobiographie (où la dimension historique n'est pas toujours présente). Les mémoires ressemblent à une sorte de chronique. *J'ai lu de beaux mémoires.*

Mille

Voir Nombres

N

Naguère / Jadis

Voir Jadis / Naguère

Noël

Passer la Noël en famille. Il s'agit ici d'une ellipse parfaitement correcte (« la Noël » se substitue à « la fête de Noël »). On peut donc également utiliser : *À la Noël.* Mais on dit plus couramment : *À Noël.*
Subtilités : *Un cadeau de Noël* (majuscule à « n »). *Recevoir son noël* (cadeau reçu à l'occasion de Noël ; sans majuscule). *Chanter un noël* (chanson populaire qui a pour thème la fête de Noël ; sans majuscule).

Nombres

On écrit en toutes lettres des expressions comme « Les années trente », « Les années quatre-vingt ».

Trait d'union

Si l'on se réfère aux propositions du Conseil supérieur de la langue française acceptées par l'Académie française et parues au Journal officiel du 6 décembre 1990, on peut lier par un trait d'union tous les éléments qui composent un nombre. Sans aucune exception. Cette règle a le mérite de conjuguer simplicité et cohérence. Pour mémoire, il ne fallait lier auparavant par un trait d'union que les éléments inférieurs à cent, sauf en présence de la conjonction « et » : *Elle a vingt-trois ans. Elle a vingt et un ans. Ce manteau vaut cent trois euros. Elle a acheté cent quatre-vingt-quatre chapeaux*. Désormais, vous pouvez donc écrire : *Elle a vingt-et-un ans. Ce manteau vaut cent-trois euros. Elle a acheté cent-quatre-vingt-quatre chapeaux. L'assemblée se compose de quatre-mille-deux-cent-quatre-vingt-dix-huit personnes.*

Vingt, cent et mille

« Vingt » et « cent » se terminent par un « s » quand ils sont précédés d'un nombre qui les multiplie. Mais ils restent invariables lorsqu'ils sont suivis d'un autre nombre ou de mille. *Deux-cents euros. Trois-cent-trente personnes. Quatre-vingts hommes. Quatre-vingt-deux femmes. Quatre-vingt-mille candidats.*

Toutefois, « vingt » et « cent » varient devant « millier », « million » et « milliard » qui sont bien sûr des substantifs et non pas des adjectifs numéraux. *Trois-cents millions d'individus. Deux-cents milliers de manifestants.*

« Mille » (ou « mil ») est toujours invariable : *Sept-cent-mille euros.*

Nombres écrits en chiffres

Certains nombres s'écrivent en chiffres arabes. Les nombres exprimant une durée de vie, un âge : *Robert s'est marié à 35 ans.* Les pourcentages : *L'inflation a progressé de 3 %.* Les durées très précises : *Le vainqueur arriva avec 52 secondes 3/10 d'avance.*

Lisibilité

L'usage veut que l'on sépare les milliers par une espace insécable (bien « une » espace, voir la notule *Espace*) lorsque le nombre exprime une quantité : *1 563 mètres, 432 759 euros, 2 185 °C*, etc.
À l'inverse, tous les nombres qui ont pour fonction de numéroter ne subissent pas ce découpage (pages, dates, articles de code). *La page 1385 de l'édition de 1897. L'article 1374 du Code civil.*
Enfin, il convient de placer une virgule pour séparer la partie entière de la partie décimale. *17,5 est la moitié de 35.*

Nombres inférieurs à 2

La marque du pluriel commence au chiffre deux. On écrit donc bien au singulier tout chiffre inférieur à deux : *1,999 milliard d'euros. Deux milliards d'euros.*

Noms collectifs (accord du verbe)

Les noms collectifs tels que « foule », « ensemble », « la plupart », « quantité » ou « nombre » posent parfois un problème d'accord pour le verbe qui suit. Selon le sens que vous souhaitez donner à votre phrase, vous pouvez accorder soit avec le nom collectif soit avec le « pseudo-complément » (appellation de Maurice Grevisse). *La foule des manifestants accourait* (c'est une foule qui accourt). *Une foule de gens expliqueront qu'il n'en est rien* (chacun d'eux expliquera). Dans le premier cas, la foule forme un tout singulier ; dans le second exemple, la foule est constituée d'individus différents, pris chacun dans son individualité.

En fait, dans de multiples exemples, l'accord dépend vraiment de l'intention de l'auteur. *Un grand nombre de touristes fut tué dans cet accident. Un grand nombre de touristes périrent dans cet accident. Une centaine d'euros suffira* ou *une centaine d'euros suffiront.* De même, avec « ensemble » vous pouvez tout aussi bien dire : *L'ensemble des candidats a été reçu* ou *ont été reçus.*

Attention ! Avec « la plupart », « nombre » et « quantité » (utilisés sans déterminant), vous devez accorder avec le « pseudo-complément » : *La plupart des femmes sont bavardes. Nombre d'enfants aiment le chocolat. Quantité de chats sont abandonnés pendant l'été.*

Nouvelles règles

En 1990, l'Académie française a approuvé les propositions du Conseil supérieur de la langue française visant à modifier certaines règles de l'orthographe. Toutefois, l'Académie n'a pas voulu donner un caractère impératif à ces rectifications, qu'elle présente comme de simples recommandations. L'usage et le temps décideront de la pertinence de ces ajustements.

Voici quelques exemples de rectifications.

Trait d'union

— Privilégier la soudure des mots composés plutôt que l'utilisation du trait d'union. Mais à condition que cela ne crée pas des difficultés de lecture. En effet, l'assemblage en un seul mot risque d'entraîner des prononciations incorrectes, notamment lorsque la dernière lettre du premier mot et la première lettre du second sont des voyelles qui pourraient créer un son. *Néo-impressionnisme* (la soudure créerait le son « oi »). *Extra-utérin* (à cause de la diphtongue « au »).

La suppression du trait d'union concerne des mots fortement ancrés dans l'usage. *Abrivent, babyfoot, cachecache, contrecourant, contrejour, contreperformance, contrepied, contreplongée, contresens, cowboy, croquemitaine, croquemonsieur, électroménager, s'entraimer, s'entraider, extraconjugal, extraordinaire, s'entredéchirer, s'entreregarder, entresol, s'entresoutenir, s'entresuivre, entretemps, s'entretuer, fairplay, millefeuille, néoclacissisme, portemine, piquenique, quotepart, ultra-*

simple, terreplein, portemanteau, portefeuille, vade-mecum, weekend, etc.

— Pour les numéraux complexes, les nouvelles recommandations visent à une plus grande simplicité. L'Académie propose de toujours les relier par des traits d'union, y compris pour ceux qui sont supérieurs à cent. Désormais, vous pouvez donc écrire : *Vingt-et-un. Cent-deux. Deux-cents. Mille-six-cent-trente-cinq. Mille-deux-cent-trente-et-un. Deux-mille. Cinq-cent-mille.* « Milliard », « million » et « millier » ne sont pas concernés puisqu'il s'agit de substantifs.

Pluriel des noms composés

Désormais, une seule règle s'impose pour les noms composés formés d'un verbe suivi d'un nom. Ces mots seront traités comme des substantifs ordinaires et comme si le trait d'union n'existait plus. Ils prennent la marque finale du pluriel seulement quand le mot est exprimé au pluriel. *Un abat-jour (des abat-jours), un aide-mémoire (des aide-mémoires), un attrape-mouche (des attrape-mouches), un gratte-ciel (des gratte-ciels), un garde-boue (des garde-boues), un pèse-lettre (des pèse-lettres), un tire-bouchon (des tire-bouchons).* De même pour les mots composés suivants : *Abaisse-langue, abat-vent, appuie-main, appuie-tête, après-rasage, brise-glace, brise-jet, brise-lame, cache-col, cache-misère, cache-pot, cache-poussière, cache-sexe, casse-cou, casse-croûte, casse-noisette, casse-pied, casse-pipe, casse-tête, coupe-chou, coupe-feu, coupe-file, coupe-gorge, coupe-légume, coupe-ongle, coupe-papier, coupe-racine, coupe-vent, gagne-pain, gagne-petit, grille-pain, lampe-tempête, lance-amarre, lance-balle, lance-flamme, lance-fusée, lance-missile, lance-pierre, lance-roquette, lance-torpille, lave-linge, lave-main, lave-vaisselle, lèche-botte, lèche-vitrine, monte-charge,* etc.

Toutefois, la logique s'impose ! Si le nom prend une majuscule ou s'il est précédé d'un article singulier, il ne prend pas la marque du pluriel : *Des prie-Dieu. Des trompe-l'œil. Des trompe-la-mort.* De même quand le sens exige l'invariabilité : *Des sans-gêne, des sans-cœur, des sans-abri, des sans-patrie, des sans-travail,* etc.

Accents

— Pour les mots dans lesquels « é » se prononce « è », on peut adopter une graphie conforme à la prononciation en usage. *Empiètement, crèmerie...* et même *évènement*, à mon grand désarroi !
— Sur les lettres « i » et « u », les accents circonflexes deviennent facultatifs. Vous pouvez donc écrire « boite » à la place de « boîte » et « croute » à la place de « croûte ». Mais vous devez absolument conserver l'accent circonflexe dans le cas d'une conjugaison et lorsque l'accent apporte une distinction de sens : *Il a dû passer hier* (participe passé). *Un mur en béton. Un fruit mûr.*

Participe passé

Le participe passé du verbe « laisser » suivi d'un infinitif devient invariable, sur le modèle de celui du verbe « faire ». *Elle s'est laissé escroquer. Marie-*

Chantal s'est laissé séduire. Robert les a tous laissé partir.

Mots étrangers

Les noms et adjectifs d'origine étrangère passés dans le langage courant s'accordent comme des noms et adjectifs français. Choisissez comme singulier la forme la plus fréquente – même s'il s'agit d'un pluriel dans la langue d'origine –, et ajoutez un « s » au pluriel : *Un ravioli, des raviolis. Un scénario, des scénarios* (plutôt que « des scenarii »). Par ailleurs, l'accentuation suit la règle française : *Un imprésario. Un révolver. Un artéfact.*

Entre recommandations nouvelles et anciennes graphies, l'usage tranchera. Mais tout cela peut prendre du temps. Par exemple, l'Académie avait accepté « évènement » en 1975 avant de le rejeter en 1987, puis de l'accepter de nouveau en 1990. Aujourd'hui, on peut donc écrire « événement » ou « évènement ».

O

Ô / Oh ! / Ho !

Voir aussi Eh ! / Hé ! / Eh bien !

Trois interjections qui ne doivent (et ne peuvent) se substituer les unes aux autres, et qu'il convient donc de bien distinguer.

— Le « ô », avec un accent circonflexe, s'utilise pour exprimer un vif sentiment (admiration, joie, crainte, souffrance). Il n'est jamais directement suivi d'un point d'exclamation et ce dernier ne s'impose pas forcément en fin de phrase. *Ô liberté, que de crimes on commet en ton nom ! Ô rage, ô désespoir ! Ô cruel destin ! Ô, toi qui sais tout, aide-nous ! Ô Dieu, écoute la prière de ton peuple. Marie-Chantal était ô combien triste à l'idée de quitter Robert.*

— Immédiatement suivi d'un point d'exclamation que l'on répète aussi à la fin de la phrase, le « oh ! » marque plutôt la surprise, l'admiration, l'irritation, l'indignation, la douleur. *Oh ! quel plaisir de vous rencontrer !* (notez que le mot « quel » qui suit « oh ! » ne prend pas de majuscule malgré la présence du point d'exclamation). *Oh ! que vous êtes belle ! Oh ! quel méchant homme ! Oh ! est-ce pos-*

sible ? (ici, le point d'interrogation se substitue à l'exclamation en fin de phrase).

— De son côté, le « ho ! », suivi lui aussi d'un point d'exclamation, sert plutôt à interpeller ou à attirer l'attention (mais le point d'exclamation ne se répète pas systématiquement en fin de phrase) : *Ho ! venez ici. Ho ! là-bas ! Ho ! tu viens ? Ho ! me vois-tu ?*

Oasis

Substantif féminin : *Une oasis.* Et le « s » qui figure à la fin du mot se prononce.

On

Voilà un tout petit mot qui continue d'attiser bien des querelles chez les plus éminents linguistes. Résumons ce qui peut apparaître comme une sorte de consensus.

Pronom indéfini toujours sujet, « on » désigne un être animé.

1. Par souci d'euphonie ou d'élégance, vous pouvez librement utiliser « l'on » à la place de « on » dans le corps d'une phrase. Plus rarement au début. Il convient d'ailleurs d'utiliser « l'on » après les mots « et », « ou », « où », « que », « à qui », « à quoi », « si ». Mais il ne faut surtout pas l'employer après « dont » ou devant un mot commençant par la lettre « l » (ce qui entraînerait de fâcheux effets d'allitération). *On aime à revenir dans les endroits où l'on a vécu. On court trop vite et l'on en vient à perdre*

haleine. Les écrivains dont on vient de parler. Si on le souhaite. Robert voulait un congé et on le lui accorda (« l'on » est exclu ici, même après « et », car « on » est suivi de « le »).

2. Devant une voyelle, ne surtout pas oublier le « n' » dans les formulations négatives. *Robert m'a dit que l'on n'accepte pas les chèques chez son coiffeur. Dans cet hôtel, on n'attache aucune importance à la décoration. On n'est pas allés au cinéma. On n'a pas gagné le match.* La confusion vient de la liaison phonétique que l'on entend dans la forme affirmative : *On est allés au cinéma* (on (n)est allés). *Voir aussi Liaisons.*

3. « On » peut désigner une personne quelconque, tout le monde. *Quand on entre dans un village, il faut réduire sa vitesse. Ici, on déjeune à midi. L'âge venant, on acquiert de la sagesse.* L'attribut ou le participe prend toujours le singulier. *Quand on est jeune, on n'est jamais fatigué.*

4. Mais « on » équivaut aussi parfois à « je ». C'est ici le « *on* de modestie ». *Dans ce livre, on a voulu montrer la richesse de la langue française* (l'auteur parle de son propre livre).

5. De plus en plus souvent, notamment dans la langue parlée, « on » se substitue à « nous ». *On est voisins. Venez, on va déjeuner ! Il faut que l'on se quitte bons amis. On n'a plus grand-chose à se dire.* À l'écrit, il conviendrait ici de plutôt privilégier le « nous ».

6. Dans la langue parlée, mais bien sûr aussi à l'écrit pour les dialogues, « on » peut se substituer à « tu », « vous », « il », « ils », « elle », « elles ». *Alors, Robert,*

on va voir ses parents le week-end prochain ? Après tant de succès, on doit être heureux ! J'espère que l'on a été courtois avec vous.

7. Lorsque « on » remplace « nous », « tu », « vous », « il », « ils », « elle », « elles », l'accord du participe passé (de l'attribut ou de l'adjectif) se fait avec ce que remplace « on ». *Mon épouse et moi, on est partis se reposer à Toulouse. Il y a bien longtemps qu'on n'est pas allés au cinéma. Il y a bien longtemps qu'on n'est pas allées au cinéma* (si le contexte concerne deux femmes). *Elles avouèrent en chœur : « on est méchantes ! » Eh bien ! gentes demoiselles, on est gourmandes ! Alors, chère Marie-Chantal, on est revenue de vacances ? Il faisait si froid que l'on se serait cru(s) en hiver. Robert et Marie-Chantal n'avaient pas beaucoup de temps, mais on s'est quand même vus.*

On-dit

Le bruit qui court (souvent très vite !) devient une rumeur, un racontar, un potin, un cancan, donnant lieu à de nombreux ragots et commérages… Mais le « on-dit » reste toujours invariable. *Il ne faut pas relayer tous ces on-dit colportés par la presse de caniveau.*

Ou / Où

Vous distinguerez sans difficulté majeure la conjonction « ou » de l'adverbe – ou pronom relatif – « où » (avec un accent sur le « u »). La conjonction « ou » peut toujours se remplacer par « ou bien ». *Robert et*

Marie-Chantal iront en vacances au Maroc ou en Bretagne. Robert et Marie-Chantal ne savent où partir en vacances.

P

Pair / Paire / Père / Pers

Le père de Robert, qui se disait pair de France, possédait une étonnante paire d'yeux pers. Le mot « pair » signifie « égal », « semblable », « pareil ». Vos pairs ont la même fonction et/ou la même situation sociale que vous. *Un artiste apprécie toujours la reconnaissance de ses pairs. Robert est un jardinier hors pair* (sans égal). Entre 1814 et 1848, un pair de France (héréditaire et nommé par le roi) était membre de la Haute assemblée législative, la Chambre des pairs. Par ailleurs, quelqu'un qui travaille « au pair » ne reçoit pas de salaire. En échange des services rendus, il est simplement logé et nourri. Enfin, un nombre pair est divisible par deux. *Au loto, Robert ne joue que les numéros pairs.*

De son côté, le nom « paire » désigne les choses ou les personnes qui vont par deux. *Une paire de souliers, de chaussons, de gants, de manches, de chaussettes, de fesses, d'yeux, de seins, de jambes, d'amis, d'escrocs…*

Par ailleurs, on devient père après avoir engendré un ou plusieurs enfants. Mais le mot peut aussi désigner l'inventeur d'un procédé, le fondateur d'une théorie, etc. *Freud est le père de la psychanalyse.* Le terme apparaît également dans diverses expressions. *Le Saint-Père* (le pape). *Le révérend père Dupuis. Un père abbé. Les Pères Blancs. Jouer les pères la pudeur* (se poser en censeur). *Le coup du père François* (coup mortel porté derrière la nuque). *Le père Noël. En père peinard* (tranquillement)…

Enfin, le terme « pers » se rapporte à une couleur où le bleu domine. Mais le mot ne s'utilise plus que pour qualifier la couleur changeante (entre bleu, gris et vert) de certains yeux.

Pallier / Palier

Afin de pallier son essoufflement avant de sonner à la porte de l'appartement, Robert attendit quelques secondes sur le palier. Dans son acception moderne, « pallier » peut remplacer l'expression « résoudre de façon provisoire ». À l'origine, et dans un emploi littéraire, ce verbe avait plutôt le sens de « cacher », « dissimuler ». Voici deux exemples pour illustrer la nuance : *L'entreprise de Robert cherche à pallier la crise en s'engageant dans la voie de la diversification. Marie-Chantal n'hésite jamais à pallier les insuffisances de Robert.*

En médecine, un traitement palliatif atténue provisoirement les symptômes d'une maladie, sans toutefois en soigner la cause. Ainsi parle-t-on d'un « soin palliatif » et même, plus simplement, d'un « palliatif ». Le palliatif va donc « remédier à » quelque chose. Ce qui explique probablement la grave dérive qui

consiste à construire le verbe transitif direct « pallier » avec « à ». De surcroît, « pallier » n'a absolument pas le sens de « remédier à ».

Quant au « palier » (avec un seul « l »), il s'agit
d'une plateforme située entre deux parties d'un
escalier (porte palière). Au figuré, le palier correspond à une pause ou à une stabilité provisoire. *En
ce troisième trimestre, on observe un palier dans
l'inflation.*

Par contre / En revanche

Littré condamnait fermement l'emploi de la locution adverbiale « par contre ». Quant à l'Académie
française, elle ne tranche pas cet éternel débat qui
oppose les tenants du « par contre » à ceux du « en
revanche ». Elle cite nombre d'excellents auteurs
ayant employé « par contre » pour finalement
conclure : « La locution adverbiale ne peut donc être
considérée comme fautive, mais l'usage s'est établi de
la déconseiller, chaque fois que l'emploi d'un autre
adverbe est possible. » Certes ! Mais, dans une
langue soignée, « par contre » et « en revanche » ne
peuvent pas se substituer l'un à l'autre. Vous allez le
constater, l'explication prend finalement un tour
inattendu. Non seulement elle ne condamne absolument pas l'utilisation de « par contre », mais elle
montre que l'emploi de « en revanche » est parfois
abusif.

La locution adverbiale « en revanche » signifie « en
retour » et elle doit introduire un avantage : *Robert
possède une petite voiture qui, en revanche, est très*

confortable. Dans ce cas, il y a une notion de compensation ou de contrepartie liée au sens même du mot « revanche ». En conséquence, vous ne pouvez absolument pas dire ou écrire : *Cette année, la récolte n'a pas été trop mauvaise, en revanche, toutes les poires étaient pourries. Robert joue parfaitement bien du piano, en revanche c'est un mauvais compositeur.*

Dans ces deux derniers exemples, il faut bel et bien employer « par contre ». En effet, cette locution s'utilise chaque fois qu'elle introduit l'énoncé d'un inconvénient ou d'une perte. Dans tous les cas similaires, la locution « en revanche » est donc fautive puisqu'il apparaît clairement que le sens de l'énoncé n'appelle pas une compensation ou une contrepartie. Ainsi, les poires ne sont pas pourries en compensation d'une récolte correcte. De la même façon, le fait que Robert ne sache pas composer ne compense pas son talent de pianiste. « Par contre » équivaut ici à des locutions telles que « au contraire » ou « à l'inverse », et marque donc une réelle opposition avec la partie de phrase qui précède cette locution. À l'inverse de ce que prétendent certains puristes, « par contre » n'a rien de fautif dans moult situations précises que commande la syntaxe. Ceux qui prétendent qu'il ne faut jamais employer « par contre » et toujours le remplacer par « en revanche » cultivent donc une fâcheuse erreur.

Notons toutefois que certains dictionnaires donnent à « en revanche » le sens par extension de « inversement ». D'autres donnent aussi à « par contre » le sens erroné de « en compensation ». Ce qui rend caduque la démonstration développée plus haut. Mais tous ceux qui veulent s'exprimer dans un langage raffiné doivent bien évidemment maintenir la différence d'acception de chacune des deux locutions, qui ne sont fondamentalement pas interchangeables.

Par endroits / Par jour

La préposition « par » est suivie du singulier lorsque l'on considère chaque élément à part dans un ensemble. *Prendre un médicament trois fois par jour* (c'est-à-dire chaque jour des jours de la semaine). *Payer cent euros par personne* (chaque personne va payer). *Avoir une filiale par secteur d'activité* (pour chaque secteur). Mais le pluriel s'impose lorsque l'on évoque certains éléments d'un ensemble. *La chaussée possède des trous par endroits* (à certains endroits). *Par moments, Marie-Chantal se met à chanter* (à certains moments, à différents moments, elle se met à chanter).

Parenthèses / Tirets

Voir Ponctuation

Partial / Partiel

L'adjectif « partial » qualifie tout individu qui possède la charge de juger (magistrat, arbitre, enseignant, journaliste, etc.) et qui s'en acquitte sans souci d'équité, de justice, de vérité. Dans une décision partiale, celui qui juge prend parti pour ou contre quelqu'un (ou quelque chose). Il réagit de manière subjective contrairement à l'attitude neutre requise.

De son côté, l'adjectif « partiel » désigne un élément qui constitue une partie d'un tout. *Un travail partiel* (un travail qui n'a pas été accompli dans sa totalité). *Un travail à temps partiel* (un travail d'une durée inférieure à celle d'un « temps complet »). *Une note partielle* (un résultat qui s'inscrit dans une suite de notes passées ou à venir).

Participe passé (accord)

Voir aussi Verbes pronominaux

Le participe passé employé sans auxiliaire a la valeur d'un adjectif qualificatif épithète. Il s'accorde alors en genre et en nombre avec le nom. *Des chaussures trouées, des rivières gelées, des livres déchirés.*

Mais certains participes passés jouent le rôle d'un adverbe ou d'une préposition lorsqu'ils sont placés seuls ou devant un nom. Dans ce cas l'invariabilité s'impose. *Prenez tout, y compris ces factures. Passé cette date, votre candidature ne sera pas retenue. Ils furent tous reçus, excepté Julie. Vu les erreurs commises, Robert n'obtiendra pas son diplôme.* Mais ces participes s'accordent s'ils sont placés après le nom. *Le prix de la chambre s'élève à huit-cents euros, taxes comprises. Cette mauvaise période passée, Julie reprit courage. Julie et ses cousines exceptées, tous les candidats furent reçus.*

Avec l'auxiliaire « être »

Accord avec le sujet. *La page est déchirée. La voiture a été réparée par un bon mécanicien* (il s'agit bien de l'auxiliaire « être », la voiture est réparée). *Les fleurs seront coupées demain. La maison qu'ils sont partis visiter. Vos sœurs sont venues me chercher hier. Les histoires qu'il est venu me raconter.*

Avec l'auxiliaire « avoir »

Accord en genre et en nombre avec le complément d'objet direct (COD) placé devant l'auxiliaire. *Robert et Marie-Chantal ont longtemps hésité* (pas de COD, donc pas d'accord). *Un bon mécanicien a réparé la voiture* (le COD « la voiture » est placé après, donc pas d'accord). *Les voitures que les mécaniciens ont réparées* (le COD « les voitures » est placé avant, donc accord). *Vous devez appliquer les décisions que j'ai prises. Voici les réformes que j'avais promises. Quelles erreurs a-t-il commises ?*
Dans certains cas, le complément doit être assimilé à un complément circonstanciel (participes employés avec un complément de durée, de quantité ou de mesure). Et là, le participe reste invariable. *Les deux-cents euros que cette addition a coûté. Les quatre heures qu'elle a marché. Toutes les années que cela a duré. Les vingt ans que ce roi a régné. Les deux heures que cet athlète a couru. Les cent kilogrammes que ce paquet a pesé. Cette maison ne vaut plus la somme qu'elle a valu autrefois.*

Perquisition / Réquisition

Lorsqu'elle effectue une recherche au domicile d'une personne impliquée dans une enquête afin de découvrir des preuves matérielles, la police procède à une perquisition. Mais lorsque l'État (généralement par le biais d'un préfet) décide une réquisition, il exige officiellement la remise d'un bien (ou d'une prestation d'activité). *En principe, la perquisition s'opère de jour, en présence du prévenu. Les policiers étaient munis d'un mandat de perquisition. Si la grève des bus se poursuit, il faudra envisager la réquisition des taxis. La réquisition du terrain de Robert sera nécessaire pour construire la nouvelle autoroute. Face à ces émeutes urbaines sans précédent, le gouvernement envisage la réquisition de l'armée.*

Peu me chaut

Voir aussi Achalandé
Rien à voir avec la chaleur (pour ceux qui écrivent « peu me chaud » !). Car « chaut » (avec un « t ») vient ici du verbe impersonnel « chaloir » qui signifie « intéresser », « importer ». La locution figée « peu me chaut » équivaut donc aux tournures suivantes : *Peu m'importe. Cela m'importe peu. Cela ne m'intéresse pas. Je ne m'en soucie guère, etc.* Vous pouvez également utiliser les tournures suivantes : *Peu nous chaut. Il me chaut bien peu de connaître l'amant de Julie. Peu me chaut si Robert refuse mon invitation. Il me chaut de rencontrer la superbe Marie-Chantal.*

L'infinitif se rencontre avec les semi-auxiliaires « devoir » et « pouvoir ». *Que pouvait chaloir à Robert le mépris de ses collègues de bureau ?*

Philtre / Filtre

Breuvage possédant des vertus particulières et magiques, notamment celle d'inspirer l'amour, le philtre ne doit pas se confondre avec un filtre, une passoire. On connaît les filtres à café, mais il existe aussi des filtres solaires, acoustiques, antiparasites, optiques, etc. Et même des cigarettes à bout filtre. *Le philtre reposait sur l'élaboration d'une décoction complexe qui nécessitait d'utiliser un filtre avant de la boire.*

Pied

Le mot « pied » se rencontre dans une foule d'expressions qui appellent soit le singulier, soit le pluriel. *Se lever du bon pied. Marcher (aller) à pied. La marche à pied. Traverser une rivière à pied sec. Mettre pied à terre. Entreprendre une action au pied levé* (sans aucune préparation). *Ne pas savoir sur quel pied danser* (hésiter). *Perdre pied. Se battre pied à pied* (négocier). *Des pied-à-terre* (invariable, logement occasionnel, garçonnière). *Marcher pieds nus* (ou *nu-pieds). Sauter à pieds joints. Se retrouver pieds et poings liés* (sans possibilité d'agir, sans pouvoir se sortir d'une situation).

Pineau / Pinot

Ne pas confondre le pineau (vin charentais préparé avec du cognac et du moût de raisin frais) avec le pinot (cépage essentiellement cultivé en Bourgogne et en Champagne). Ainsi existe-t-il du pinot noir, blanc ou gris. *Marie-Chantal apprécie le pineau en apéritif.*

Pis / Pire

L'usage semble accréditer l'idée que l'on pourrait, sans distinction, utiliser « pis » aussi bien que « pire ». Il existe cependant une différence essentielle. « Pis » signifie « plus mal ». « Pire » veut dire « plus mauvais », « plus nuisible ». Dans une langue soignée, vous devez donc écrire : *Aller de mal en pis. Aujourd'hui, Robert ne va ni mieux ni pis qu'hier. En hiver, le temps est pire qu'en été. Je ne connais pas de pire situation.*

Plain (de plain-pied)

L'adjectif « plain » prend ses racines dans le latin *planum* qui signifie « uni », « plat », « sans inégalités ». Ce mot ne s'utilise plus aujourd'hui que dans « plain-chant » (musique vocale rituelle de la religion catholique) et « de plain-pied ». *Une maison de plain-pied* (sans étages). *Des pièces de plain-pied* (situées au même niveau). Au sens figuré, la formule évoque une action qui se déroule sans difficulté. Elle permet aussi d'évoquer des relations humaines faciles, quasi idylliques. *Robert entra de plain-pied dans son nouveau job. Marie-Chantal se sent de plain-pied avec ses collègues de bureau.*

Pléonasme

Voir aussi Comme (par exemple)

Le pléonasme correspond à un enchaînement de mots exprimant la même idée. Il s'agit d'une répétition, souvent involontaire, qui relève parfois du tic de langage mais qui n'apporte rigoureusement rien à ce qui est énoncé. Le pléonasme possède donc un caractère fautif évident. Quant à la redondance, même si elle véhicule également la notion d'idées déjà exprimées, elle s'apparente plutôt au verbiage. Aussi peut-on reconnaître quelques vertus à certaines formes de redondances, à condition qu'elles soient volontaires et parfaitement maîtrisées. La redondance se rencontre dans les slogans publicitaires, dans les textes de grande qualité d'expression et en littérature. La redondance exprime aussi parfois une formule d'insistance : *Je l'ai vu de mes yeux et entendu de mes oreilles.*

Chacun connaît les plus célèbres exemples de pléonasmes : *Monter en haut. Descendre en bas* (sauf si le mot « bas » désigne l'espèce de longue et fine chaussette que portent les femmes). *Importer de l'étranger. Prévoir à l'avance*, etc. Voici quelques exemples de pléonasmes (la liste n'a malheureusement rien d'exhaustif) que la langue soignée doit impérativement éviter.

À un certain moment donné

Dans cette expression figée, le mot « moment » possède deux termes qui le qualifient (on dit qu'il a deux déterminants) : « certain » et « donné ». Tous deux renseignent sur le genre de moment dont il s'agit. Mais « certain » et « donné » font ici double emploi. Il convient donc de dire : *À un moment donné, Robert entra dans la cuisine. À un certain moment, Marie-Chantal sortit de la chambre. Tout était parfaitement calme dans le quartier, quand, à un certain moment, j'ai entendu une explosion. Robert et Marie-Chantal hésitent encore à se marier, mais, à un moment donné, ils finiront bien par se décider.*

Abolir complètement

Le verbe « abolir » veut dire « supprimer », « réduire à néant ». Quant à l'adverbe « complètement », il signifie « totalement », « en entier ». Nous sommes donc en présence d'un pléonasme puisque l'idée de totalité existe ici deux fois. *Le réseau internet abolit les distances* (abolit complètement est pléonastique). *Le président de la République veut abolir les réformes de son prédécesseur.*
Soulignons que l'on rencontre parfois les formules « abolir radicalement » ou « abolir définitivement ». Ici, on peut accepter cette forme de redondance volontairement exprimée pour marquer avec insistance l'étendue de l'action.

Achever complètement

Le verbe « achever » a pour sens « terminer », « finir ». Lorsque vous achevez une action quelconque, vous la conduisez à son terme en réalisant ce qui reste à faire. Quant à « complètement », il est le synonyme de « entièrement », « totalement », « intégralement ». À l'évidence, l'idée de « parachèvement » est présente deux fois. Aussi convient-il très simplement de dire : *Robert va achever son travail avant de rentrer à la maison.*

Actuellement en cours

L'adverbe « actuellement » signifie « en ce moment », « à l'heure actuelle », « à l'instant présent ». Quant à la locution « être en cours », elle indique qu'une action est en train de se dérouler, de se réaliser. Le pléonasme ne fait donc aucun doute. *Un sondage sur la notoriété du président est en cours de réalisation. Un sondage sur la notoriété du président est actuellement réalisé.*

Ajourner à plus tard

Le verbe « ajourner » évoque clairement la notion de « remettre, reporter à une date ultérieure », « différer ». Bien évidemment, on comprend que « plus tard » répète l'idée contenue dans « date ultérieure ». Là encore, contentez-vous de la simplicité : *Robert et Marie-Chantal ont ajourné leur mariage. Nous avons ajourné la réunion à lundi.*

Toutefois, on peut accepter la tournure « ajourner à bien plus tard ». L'adverbe « bien » ajoute ici une nuance d'insistance et une gradation plus imposante dans le temps : *Les examens ont lieu la semaine prochaine, mais la décision du jury est ajournée à bien plus tard.*

Différer à une date ultérieure

Le verbe « différer » indique que l'on va retarder (remettre à plus tard) une action. Pour sa part, la locution prépositive « à une date ultérieure » signifie « qui vient après » (dans le temps). L'idée de postériorité est donc bien présente deux fois. *La réunion a été différée. La date de la réunion a été différée. À cause du mauvais temps, Robert a dû différer son voyage.*

Erreur involontaire

L'expression « erreur involontaire » est un enchaînement pléonastique puisque la notion d'erreur implique celle d'acte involontaire. Le mot « erreur » désigne une action, une opinion ou un jugement considérés comme faux par rapport à une règle établie. Et l'on ne s'amuse pas à commettre une erreur volontaire. Là, il ne s'agirait plus d'une erreur, mais d'une démarche qui entre dans un stratagème complexe visant à nuire. Autrement dit, l'erreur classique ne se produit jamais avec intention délibérée et l'adjectif « involontaire » est bel et bien superflu. *Robert a commis une erreur en se trompant de numéro de téléphone. Ce gardien de but a commis de nombreuses erreurs tout au long de la partie.*

Panacée universelle

Nous sommes ici en présence d'un grand classique
du genre ! Le nom « panacée » évoque un remède
universel agissant sur toutes les maladies. Par extension, le terme s'applique aussi à tout mécanisme (ou
à toute situation) capable de répondre à toutes les
attentes ou susceptible de résoudre tous les pro-
blèmes. En outre, qualifier quelque chose d'« universel » signifie que cela s'étend à la totalité des
personnes ou objets considérés. L'idée d'universalité
est donc exprimée deux fois. *Très efficace contre la
douleur, ce médicament n'a cependant rien d'une
panacée. Voter des lois pour lutter contre l'insécurité
n'a rien d'une panacée.*

Première priorité

L'adjectif « premier » qualifie ce qui est « classé
avant les autres » et le nom « priorité » implique que
l'on fasse telle ou telle action en premier (avant
d'autres). Ces deux termes marquent l'importance
préférentielle accordée à quelque chose. L'un ou
l'autre suffit : *Le président va donner la priorité à la
modernisation des hôpitaux. Moderniser les hôpitaux
sera la première volonté du président. Pour Robert,
changer d'employeur reste une priorité.*

Preuve probante

L'adjectif « probant », qui vient du latin *probare*
(prouver), signifie « qui prouve sérieusement ». Quant

au substantif « preuve », il prend aussi racine dans le verbe *probare*. Une preuve démontre ou établit la vérité de quelque chose. Là encore, nous sommes en présence d'un indéniable pléonasme, puisque les deux mots illustrent la volonté d'établir de manière irréfutable la réalité de quelque chose. *L'avocat a présenté une preuve qui atteste l'innocence de son client. L'avocat dispose d'un argument probant pour innocenter son client.*

Prévoir à l'avance

Le verbe « prévoir » exprime l'idée d'anticipation d'un événement. Ainsi va-t-on s'organiser en fonction de l'avenir. D'ailleurs, le préfixe « pré » (que l'on trouve aussi dans « prédire ») indique la notion d'antériorité dans le temps et signifie « d'avance », « avant » ou « devant ». Il est donc parfaitement inutile d'ajouter la locution « à l'avance » (ou d'avance) à la suite de « prévoir ». *Robert a tout prévu dans l'organisation de ses vacances. N'ayez pas peur, tout a été prévu. Je sais à l'avance que tu n'apprécieras pas ce vin.*

Réserver à l'avance

Comme souvent dans les tournures pléonastiques, il suffit de remplacer la seconde partie de la formule par son contraire pour mesurer la portée de la bourde. En effet, si vous souhaitez aller au théâtre, vous viendrait-il à l'idée de « réserver après » avoir vu la pièce ? Dans ce sens précis comparable à « retenir », le verbe « réserver » indique ici que l'on demande à quelqu'un de mettre à part (de mettre de côté) quelque chose que l'on va utiliser plus tard. Et le fait de réserver se produit forcément avant l'action. *Réserver des places de restaurant, des billets de train, une chambre d'hôtel.*

S'avérer vrai

Dans la mesure où le verbe « s'avérer » a le sens de « se révéler juste ou vrai », « se vérifier », il n'y a aucune raison de lui ajouter le mot « vrai » qui signifie « conforme à la vérité, à la réalité ». *Les prévisions météorologiques se sont avérées.* De même, « un fait avéré » est reconnu vrai, certain, vérifié, sûr. Toutefois, l'acception « s'avérer » a dérivé vers « se révéler », « se montrer ». Aussi peut-on parfois accepter des formules comparables aux exemples suivants : *Les expériences que nous avons entreprises s'avèrent concluantes. Ce vin s'avère excellent pour accompagner le poisson. Vos démarches administratives vont s'avérer inutiles.*

Se cotiser à plusieurs

Le verbe pronominal « se cotiser » correspond à l'idée suivante : contribuer, chacun donnant sa part, à réunir une somme d'argent pour effectuer ensuite une dépense commune. Ce qui implique qu'il faille être plusieurs pour donner chacun quelque chose : *Les collègues de Robert se sont cotisés pour lui offrir un cadeau de mariage.*

Ponctuation

Sans ponctuation cohérente, un texte devient vite incompréhensible. Le lecteur perd pied et cherche des bouées, des ancrages, des amarres pour surnager sur le flot oppressant des mots qui le submergent. Il faut alors lire et relire plusieurs fois avant de saisir le sens exact du texte, chercher les points, les majuscules, les paragraphes. Puis on tente de poser une respiration sur l'instant d'une probable virgule. Bref, vous l'aurez compris, la ponctuation donne tout son sel (et son sens !) à un texte. Elle permet de le comprendre, mais aussi de le rythmer, de lui donner une couleur, une musicalité, de le rendre plus percutant et de le nuancer.

Les premiers éléments d'un système homogène de ponctuation apparaissent vers le IVe siècle. Mais de réelles conventions ne s'installent que dans la seconde moitié du XVe, grâce au développement de l'imprimerie. Dès lors, le besoin d'établir des règles cohérentes devient indispensable. Et des typographes élaborent même un premier traité de ponctuation vers 1540. Mais moult écrivains ne se rangent pas d'emblée derrière ces références et il faut attendre le XVIIIe siècle pour que l'on comprenne toute la richesse de la ponctuation et pour que des règles communes soient enfin établies.

Il existe bien sûr de brillants traités sur l'art de la ponctuation qui mêlent l'usage grammatical et la typographie. Pour rester dans l'esprit du présent ouvrage, nous ne retiendrons que les règles essentielles en fournissant surtout nombre d'exemples pour expliquer au mieux le maniement harmonieux de ces signes.

Le point

Il se place à la fin d'une phrase. Le point marque ainsi un arrêt fort dans la lecture, il s'agit d'une sorte de pause. Il existe d'ailleurs une analogie avec une partition musicale, dans laquelle la pause correspond à un silence (la durée d'une note ronde). *Robert quitta la pièce en grommelant, par dépit. Robert quitta la pièce en grommelant. Par dépit.* Dans la seconde formulation qui décrit l'action, on insiste sur le poids de la déception.

Le point d'exclamation

Il se place après une interjection ou à la fin d'une phrase exclamative. *Quel bon élève ! Quelle chance a-t-il ce Robert ! Quel choc ce fut pour moi ! Je vous ordonne d'arrêter !*

Le point d'interrogation

Il termine une question. *Que me faut-il emporter pour partir en voyage ?* Le point d'interrogation est habituellement suivi d'une majuscule. Sauf dans les cas de ce type : *Par quel plat commençons-nous le repas ? demanda Robert.*

Les points de suspension

Ils vont toujours par trois ! Cette précision ne me semble pas inutile (dans certains courriels, on en dénombre parfois cinq ou six). Les points de suspension expriment une interruption volontaire dans une narration, une argumentation ou une énumération. Bref, dans le suivi d'une idée. Sans en abuser, on peut également les placer après des points d'exclamation ou d'interrogation. Soulignons qu'ils ne doivent jamais suivre l'abréviation « etc. ». Les points de suspension peuvent aussi ménager un temps de surprise. *Robert fit rapidement sa valise : chemises, cravates, pantalons, chaussettes... Hé !... Quoi, que dis-tu ?... Robert attendait depuis des heures, épuisé... Soudain, Marie-Chantal sortit du bureau.*

La virgule

Elle marque une sorte de semi-interruption. Pour reprendre l'analogie musicale, disons que la virgule ressemble à un soupir. Et si la ponctuation donne le tempo au texte, la virgule, elle, donne le rythme à la phrase.
Un groupe de mots placé entre deux virgules à l'intérieur d'une phrase s'appelle une incise. Les virgules s'apparentent alors à des parenthèses très légères. Notons que la virgule n'est pas interdite devant la conjonction de coordination « et ». Par ailleurs, elle n'est pas toujours obligatoire après un adverbe ou une locution adverbiale en tête de phrase. La virgule confère à un texte maintes nuances et finesses. Entre autres multiples paramètres, elle contribue à enrichir le style de l'auteur. *Le jour de son anniversaire, Robert dîne au restaurant. Marie-Chantal aperçut, en regardant par la fenêtre, ses parents qui arrivaient* (incise). *Demandez-lui de partir, et ne cherchez plus à le revoir. Souvent Robert se couchait tard. Souvent, Robert se couchait tard* (avec la virgule, on insiste sur la

circonstance). *Les fleurs qui sont fanées seront cou-pées* (seules les fleurs fanées seront coupées). *Les fleurs, qui sont fanées, seront coupées* (toutes les fleurs seront coupées, car toutes sont fanées). *Marie-Chantal chante si bien que nous applaudissons* (nous applaudissons car elle chante bien). *Marie-Chantal chante, si bien que nous applaudissons* (nous applaudissons le fait qu'elle ait chanté, sans jugement de valeur sur la qualité de l'interprétation). *Robert fut reçu dans un grand bureau aux murs recouverts de marbre, par le directeur, M. Dupuis* (sans la première virgule, on voudrait dire que les murs ont été recouverts de marbre par le directeur en personne).

Le point-virgule

Il sert à séparer des idées ou des actions indépendantes, mais qui ont toutefois un degré de relation logique entre elles. *Pierre et Julie ont pris leurs vacances au Canada ; Robert et Marie-Chantal en Espagne.* Le point-virgule a aussi son utilité pour mettre en parallèle des propositions. *Marie-Chantal aime le tennis ; Robert préfère le rugby.*
L'utilisation du point-virgule reste assez subtile. D'ailleurs, dans les lettres professionnelles ou administratives, les courriels, mémoires, rapports, articles ou dans toute forme d'expression destinée à communiquer efficacement (la littérature se situe en dehors de ce champ d'action), mieux vaut se passer du point-virgule. Remplacez-le par un point. Ce qui aura, de surcroît, le grand mérite de générer une phrase plus courte ! Contentez-vous des points-virgules dans les

énumérations afin de distinguer clairement des éléments de natures différentes. *En faisant ses achats pour un dîner entre amis, Marie-Chantal avait acheté : du jambon, des saucisses, des côtes d'agneau ; des haricots, des pommes de terre, des petits pois ; des poires, des oranges, des bananes ; du vin rosé, rouge, blanc ; du whisky, du pastis et de la vodka.*

Les deux points

Ils introduisent une énumération ou annoncent une citation. Cette dernière sera alors placée entre guillemets. On ne met pas de majuscule après les deux points sauf dans le cas d'une citation entre guillemets. Spécifiquement, dans le présent ouvrage, l'auteur a pris le parti de mettre une majuscule aux exemples qu'il propose car ils ont valeur de citation (sans guillemets, mais placés en italique).

Signes de ponctuations		Espace avant	Espace après	Majuscule après
Point	.	Non	Oui	Oui
Point d'exclamation	!	Oui	Oui	Oui
Point d'inter-rogation	?	Oui	Oui	Oui
Points de suspension	…	Non	Oui	Oui
Virgule	,	Non	Oui	Non
Point-virgule	;	Oui	Oui	Non
Deux points	:	Oui	Oui	Cela dépend

Les guillemets

Ils furent inventés au XVIe siècle par l'imprimeur Guillaume, surnommé Guillemet. Les guillemets vont par deux. Ils encadrent une citation avec un guillemet ouvrant, puis un guillemet fermant. Observez attentivement espaces, majuscules et ponctuation dans les deux exemples qui suivent.

Forme directe : *Dans son discours de bienvenue, Robert déclara : « Chacun doit se sentir heureux dans l'entreprise. »* Forme indirecte : *Dans son discours de bienvenue, Robert déclara que « chacun doit se sentir heureux dans l'entreprise ».*

Dans le premier cas : majuscule en tête de la citation (après le guillemet ouvrant) et point à l'intérieur des guillemets car celui-ci fait partie intégrante de la citation. C'est aussi le seul cas où vous trouvez une majuscule après deux points. Soulignons aussi la présence des espaces avant et après les deux points, après le guillemet ouvrant, avant le guillemet fermant. Si le guillemet fermant est précédé d'un point, d'un point d'exclamation ou d'un point d'interrogation, il n'y a pas d'autre signe de ponctuation après. *Robert demanda : « Quel temps fait-il ? »*

Dans le second exemple (forme indirecte) : pas de majuscule après le guillemet ouvrant et le point se trouve en fin de phrase, après le guillemet fermant.

Comme on le remarque souvent chez des personnes qui maîtrisent mal le vocabulaire, il ne faut surtout pas abuser des guillemets pour insister ou pour nuancer l'utilisation d'un terme. Cette pratique donne au

lecteur un sentiment de perpétuelle hésitation sémantique. Toutefois, vous pouvez utiliser les guillemets
avec un mot ou une expression étrangère ou argotique. *Robert se sent vraiment « cool » après une heure
de natation. Cet acteur se comporte comme un ignoble
« trou du cul ».*

Les parenthèses

Elles permettent d'isoler une courte explication,
une illustration ou un commentaire à l'intérieur
d'une phrase. Leur contenu n'a pas de lien syntaxique avec l'énoncé principal. Il s'agit d'une sorte
d'aparté, d'annexe. Elles placent un groupe de mots
à part. La phrase doit d'ailleurs se comprendre sans
le contenu des parenthèses. *Julie adore le cinéma
(surtout les films comiques) au point d'y consacrer tout
son argent de poche. Robert grimpa (c'est un sacré cos-
taud !) jusqu'au sommet de l'arbre. Marie-Chantal va
pleurer (j'en suis sûr), mais personne n'en verra rien.*
Les parenthèses se comportent donc comme une
incise à l'intérieur de la phrase. Mais il s'agit là d'une
incise dont la narration pourrait se passer.

Les tirets (ils sont plus longs que le trait d'union)

Ils jouent sensiblement le même rôle que les parenthèses. À la différence fondamentale que les tirets
valorisent le contenu qu'ils insèrent, tandis que les
parenthèses le minimisent.
Reprenons l'exemple précédent : *Julie adore le
cinéma – surtout les films comiques – au point d'y
consacrer tout son argent de poche.* Placer des paren-

thèses signifie que les films comiques n'ont pas (ou n'auront pas) d'importance dans la suite du propos. Au contraire, placer des tirets marque une insistance : le fait que Julie engloutisse toutes ses économies en allant voir des films comiques lui sera probablement reproché (ou aura une importance) dans la suite de la narration. Une espace avant et après le tiret (bien « une », voir *Espace*).

Possible

L'accord de l'adjectif « possible » demande parfois un peu de bon sens. Sans plus ! Ainsi doit-on écrire : *Il a cueilli le plus possible de champignons. Il a cueilli le plus de champignons possible* (le plus de champignons qu'il était possible de cueillir). À l'inverse, vous devez accorder dans une phrase de ce type : *Dans le meilleur des mondes possibles* (dans le meilleur des mondes qui sont possibles, réalisables). Dans le même registre : *Robert a subi toutes les vexations possibles.*

Pourcentages (accord)

Vous pouvez indifféremment écrire : *Seules 9 % des femmes aiment le football* (accord avec le complément du pourcentage, « femmes ») ou *Seuls 9 % des femmes aiment le football* (accord avec « 9 % », expression du pourcentage). Quand ledit pourcentage ne possède pas de complément, l'accord se fait avec l'intitulé du pourcentage. Donc au singulier si celui-ci est inférieur à 2 et au pluriel dans les autres cas :

1,9 % des présents a voté contre la résolution proposée et 98,1 % ont donc voté pour.

Près / Prêt

Il convient de soigneusement distinguer les formulations « près de » et « prêt à » (« près » est un adverbe, « prêt » un adjectif). « Près de » signifie « sur le point de ». Mais il équivaut aussi à « auprès de ». *Le Soleil est près de se coucher. Robert habite près de chez Julie.*

De son côté, « prêt à » veut dire « disposé à ». *Robert est prêt à démissionner. La lettre est prête à partir.*

Toutefois, des subtilités peuvent exister. *Marie-Chantal est près de se coucher* (elle est sur le point de se coucher). *Marie-Chantal est prête à se coucher* (elle est disposée, décidée à se coucher). *Robert est près de démissionner. Robert est prêt à démissionner. Le dîner est près d'être servi* (sur le point). *Le dîner est prêt* (il est à la disposition des convives).

Prescrire / Proscrire

« Prescrire » signifie « ordonner expressément », « indiquer fermement », « exiger », « préconiser ». Dans le secteur médical, le verbe prend le sens de « recommander de façon formelle un traitement ». *Pour soigner Robert, son médecin lui a prescrit un antibiotique. Soudain, le commandant de bord a prescrit d'utiliser les masques à oxygène.*

« Proscrire » a le sens d'exclure, de bannir (d'un groupe), de rejeter, interdire. *Marie-Chantal a proscrit*

la viande de son alimentation. Dans l'entreprise de
Robert, le port du jean est proscrit.

Prodige / Prodigue

Un événement exceptionnel (incroyable, extraordinaire, surprenant) tient du prodige. Le mot se rapporte aussi à un acte étonnant (exploit) et distingue
un personnage hors du commun, pourvu de remar-
quables talents. Ainsi parle-t-on, par exemple, d'un
spectacle prodigieux. *Un coucher de soleil estival sur*
une mer d'huile tient parfois du prodige. En menant
leurs recherches, les savants accomplissent souvent de
véritables prodiges. Robert fut un enfant prodige qui
savait lire dès l'âge de 4 ans (avec ici le sens d'« exceptionnel »).
L'adjectif « prodigue » qualifie un individu qui dépense sans compter. Et la locution figée « être prodigue » signifie « distribuer sans compter ». Quant à
l'expression « enfant prodigue », elle évoque celui
qui revient à la maison familiale après une longue
absence et n'en est pas moins accueilli à bras ouverts
par ses parents. Rien n'empêche à un enfant prodige
(doué, talentueux) de jouer les enfants prodigues.

Prolifique / Prolixe

Attention à ne pas confondre ces deux adjectifs !
L'adjectif prolifique, dans son sens moderne, signifie
« fécond », « fertile ». Et, par extension, « inventif »,
« productif ». Un animal prolifique engendre et se
multiplie rapidement, il prolifère. Les lapins, les rats

et les puces sont très prolifiques. Cet adjectif sous-tend une intense activité féconde que l'on retrouve au sens figuré pour un écrivain (cinéaste, artiste...) qui produit une œuvre prolifique. Ce terme ne recèle donc aucune nuance péjorative.

Quant à l'adjectif « prolixe », il qualifie un texte ou un discours trop long, verbeux, diffus. On parle d'auteur ou d'orateur prolixe. Acception chargée d'une lourde connotation péjorative. Car un discours ou un texte prolixe se perd en circonlocutions, détails, digressions, périphrases et détours. L'auteur prolixe se complaît dans le verbiage, l'amphigouri, le galimatias ou le salmigondis.

Ainsi, vous pouvez évoquer un romancier prolixe ou un romancier prolifique. Le premier écrivain possède un style ampoulé, pompeux, fumeux et verbeux (acceptions peu flatteuses). Le second publie beaucoup de livres. *Robert apprécie à sa juste valeur l'œuvre prolifique de Victor Hugo. Mais, au cours de débats passionnés entre amis, une question cruciale demeure : certains textes du poète ne sont-ils pas prolixes ?*

Prononciation

Nous sommes là dans un domaine qui nécessiterait à lui seul l'écriture d'un ouvrage. Tenons-nous-en à quelques remarques générales. Passons sur les multiples erreurs du genre « dézvant » à la place du correct « décevant » pour nous arrêter un instant sur une faute courante : à la place du simple et correct « match nul », sans « e » ni « eu » à la fin du premier mot, vous aurez remarqué que beaucoup pronon-

cent, à tort, un lourd « matcheu nul ». Il en va de
même pour les expressions figées suivantes : *Un
film(eu) comique, un arc(eu) de triomphe, le golf(eu)
Drouot, un test(eu) de, en direct(eu) de, le parc(eu) des
Princes, le quotidien* Ouest(eu)-France *ou* L'Est(eu)
républicain, *etc.*

Un mot aussi sur la prononciation de quelques villes :
Bruxelles (« Brussel » et pas « Bruksel »), *Auxerre*
(« Ossère » et pas « Auksère »), *Metz* (« Mès » et pas
« Metsseu »), *Chamonix* (« Chamoni » et pas « Cha-
moniks »), *Laon* (« Lan »), *Longwi* (« Lonwi »), *Lons-
le-Saunier* (« Lonle-Sonié »), *Oyonnax* (« O-Yona »),
Rosny (« Roni »), etc. Par ailleurs, Agen et Le Pou-
liguen ont des terminaisons nasalisées qui se prononcent « in ». À l'inverse, Pont-Aven rime avec
« dolmen ».

Q

Quand / Quant à / Quant-à-soi

La conjonction « quand » (avec un « d » final) exprime une relation temporelle de simultanéité (« dans le même temps que »). En fait, elle correspond ici à « lorsque ». *On pourra manger quand Robert sera rentré du travail. Marie-Chantal attendait devant le cinéma quand elle aperçut soudain Robert. Quand je pense que Julie va être mère !* Utilisé comme un adverbe interrogatif, « quand » peut aussi remplacer « à quel moment ». *Quand allez-vous me rendre ma voiture ?*

Mais dans la locution prépositive « quant à », le mot s'écrit avec un « t » final. Cette tournure signifie « pour ce qui est de ». *Marie-Chantal aime le cinéma, quant à Robert il préfère le football.* Et l'expression figée « quant à moi » correspond à « pour ma part ». *Quant à moi, je vais partir en vacances.*

Enfin, une personne qui reste sur son quant-à-soi (substantif masculin invariable) manifeste une attitude distante, réservée, voire hautaine. *Garder son quant-à-soi. Dès qu'ils rencontrent des admirateurs, ces comédiens prétentieux restent sur leur quant-à-soi.*

Quelque / Quelques

Voir aussi Quel que

Devant un nombre, « quelque » à la signification de « environ ». Il s'agit là d'un adverbe qui doit donc rester invariable. *L'an dernier, j'ai lu quelque trente livres. Il y avait quelque cinquante personnes à la fête de l'école. Ce mois-ci, le restaurant a servi quelque deux cents couverts. Le père de Marie-Chantal a quelque 80 ans*, etc.

Ce mot devient un adjectif indéfini lorsqu'il prend le sens de « plusieurs » ou de « un certain nombre de ». Et là, il s'accorde. *L'an dernier, j'ai lu quelques dizaines de livres. Il y avait quelques personnes à la fête de l'école. Ce mois-ci, le restaurant a servi quelques centaines de couverts. Marie-Chantal s'est absentée quelques jours*, etc. De même, quand le mot indique qu'un nombre est augmenté de quelques unités, il prend aussi le pluriel. *Ce costume m'a coûté cent et quelques euros. Nous étions vingt et quelques pour célébrer l'anniversaire de Robert.*

Mais parfois, le mot « quelque » veut dire « et un peu plus » et n'est suivi d'aucun mot dans la phrase. Dans ce cas précis, il reste invariable. *La table mesure deux mètres et quelque. Le train partira à quatorze heures et quelque. En quatorze cents et quelque.*

L'adjectif indéfini « quelque » va également rester invariable lorsqu'il signifie « un certain » (ou une certaine). *Donnez-moi quelque répit avant de poursuivre mon explication. Face à la salle vide, l'acteur a montré quelque surprise. Cette ville vient de prendre quelque importance.* À propos de ce dernier exemple, soulignons que « quelque » ne s'élide jamais. Sauf pour former « quelqu'un » et « quelqu'une ».

Une petite subtilité, parmi tant d'autres : *Robert n'a pas mis les pieds à la maison depuis une semaine, et Marie-Chantal pense qu'il lui sera arrivé quelque aventure* (une aventure quelconque). *Robert n'a pas mis les pieds à la maison depuis une semaine, et Marie-Chantal pense qu'il lui sera arrivé quelques aventures* (de multiples aventures).

Quel que

Voir aussi Quelque / Quelques

Ne pas confondre « quel que » (en deux mots) et « quelque ». Pronom relatif indéfini, « quel que » est suivi d'un verbe au subjonctif (très souvent l'auxiliaire « être »). Et l'accord s'impose. Des semi-auxiliaires (« devoir », « pouvoir ») ou un pronom personnel peuvent précéder le verbe. *Quel que soit ton avis. Quels que soient tes efforts. Quelle que soit la différence. Quelles que soient les conséquences. Quels que doivent être les résultats. Quelles que puissent être les circonstances. Quels qu'ils soient.*

R

Rabattre / Rebattre

Riche de multiples nuances, le verbe « rabattre » signifie « déduire », « diminuer », « retrancher ». *Rabattre une partie de la facture.* Dans un sens courant, il équivaut à « refermer », « replier ». *Rabattre un capot de voiture, un couvercle ou un col.* Mais il peut aussi exprimer une façon de faire retomber violemment quelque chose. *La tempête rabat les feuilles au sol.*

Quant à la locution « en rabattre », elle évoque l'attitude d'un individu qui abandonne ses prétentions ou ses illusions. *Dans la négociation, côté salaire, Robert a dû en rabattre.* Par ailleurs, au figuré, on peut « rabattre le caquet à quelqu'un ». Le caquet étant un bavardage exaspérant, cette locution figée signifie « clouer le bec », « rabrouer », « rembarrer ». Enfin, les chasseurs ont pour habitude de « rabattre le gibier », c'est-à-dire qu'ils le contraignent à se diriger vers une certaine zone afin de pouvoir le tuer plus facilement.

Toutes ces acceptions du verbe « rabattre » n'ont donc aucune relation avec les oreilles ! En l'occurrence, il s'agit du verbe « rebattre ». Et la locution figée « rebattre les oreilles de quelqu'un » signifie « répéter sans cesse ». *Robert nous a rebattu les oreilles de la grande histoire d'amour qu'il vit avec Marie-Chantal. Julie nous rebattait les oreilles des compétences de son patron.* Dans le même registre, on peut aussi utiliser l'expression « être rebattu de quelque chose », qui correspond cette fois à « être fatigué d'entendre parler de… ». *On est rebattu de toutes ces rumeurs sans fondement. Robert est rebattu des histoires sans intérêt que raconte Julie.* En fait, « rebattre » signifie « battre de nouveau ». *Rebattre les cartes. Au cours des derniers championnats du monde, les records ont été battus et rebattus. Sous le poids de sa masse, le maréchal-ferrant battait et rebattait le fer.*

Raisonner / Résonner

Un problème nous conduit à raisonner, à faire usage de notre raison, de notre jugement. *Il faut raisonner avant d'agir.* Le verbe peut aussi avoir le sens d'« argumenter » ou de « convaincre ». *Marie-Chantal a essayé de raisonner Julie pour l'empêcher de démissionner.*

Résonner s'attache au mot « son ». *Des cloches, un tambour, des notes, une pièce résonnent. Des talons résonnent sur la chaussée.*

Rapporter / Ramener

Dans ses acceptions les plus courantes, « rapporter » équivaut à : porter de nouveau à quelqu'un, apporter une chose à l'endroit où elle était précédemment ou à la personne qui la détenait. Ici, le verbe est tout simplement synonyme de « restituer ». *Robert m'a rapporté sa voiture* (sous-entendu : il le fait régulièrement). *Robert a rapporté ma voiture* (il me l'a rendue). *Marie-Chantal a rapporté les livres de Julie.*

Pour sa part, « ramener » correspond à « amener de nouveau quelqu'un ». *Ramenez Marie-Chantal chez son coiffeur !* Mais le verbe équivaut aussi à : faire revenir quelqu'un dans un endroit qu'il avait quitté. Le sens est alors très proche de « raccompagner », « reconduire ». *Robert va ramener Julie en voiture. Ramener un cheval à l'écurie.*

N'utilisez donc jamais « ramener » lorsque vous parlez d'une chose inanimée. *Rapportez-moi le sac du chat. Ramenez-moi le chat.*

Réduire au minimum / Réduire au maximum

La locution adverbiale « au minimum » signifie « au plus bas degré », « à presque rien », « le plus proche possible de zéro ». En conséquence, lorsque vous parlez de risques (dépenses, frais, charges, etc.), vous devez bel et bien dire : *Robert et Marie-Chantal ont essayé de limiter (de réduire, d'abaisser) au minimum le budget de leurs vacances* (ils ont clairement voulu que le budget soit le plus faible possible). Évidemment, dans ce processus, on comprend que l'amplitude de la réduction est, elle, maximale. Raison pour laquelle on entend ou lit la forme erronée « réduire au maximum ». Dans le même esprit, on doit donc également dire et écrire « prendre le minimum de risques ».

Quant au substantif masculin « minimum », il désigne une limite inférieure. *Un minimum de frais.* Au pluriel : *Les minima* (ou *les minimums*) *ont été atteints.* Enfin, dans une forme adjectivale, on a désormais tendance à utiliser : *Des températures minimales* (mais on peut aussi dire « minimums » ou « minima »).

Reine / Rêne / Renne

La reine serrait fébrilement entre ses doigts la rêne d'un renne. L'épouse d'un roi, souveraine d'un royaume s'appelle une reine. Ce mot évoque aussi une pièce d'un jeu d'échecs ou une carte à jouer. C'est encore la femelle féconde chez les abeilles, les fourmis et les guêpes.

Quant à la courroie (lanière, bride) destinée à diriger un animal (le plus souvent un cheval), il s'agit d'une rêne. *Mauvais cavalier, Robert tient mal ses rênes.* Au figuré, « tenir les rênes d'une entreprise » signifie « la diriger ».

Enfin, le renne est un cervidé de grande taille. *Un troupeau de rennes. Les rennes du Canada s'appellent des caribous.*

Repaire / Repère

Le fugitif suit les repères qui mènent à son repaire. Le repaire sert de refuge aux bêtes sauvages ou aux individus dangereux. *Un repaire de serpents, de lions, de terroristes, de malfrats.* Le repère, lui, sert à identifier un objet ou un lieu afin de mieux le retrouver par la suite. Il peut aussi s'agir d'un tracé qui permet d'élaborer un travail de précision. En somme, le repère équivaut à un jalon, à une marque ou à une référence. *Robert avait fait un repère sur chacun des livres qu'il devait emporter. Anticipant le trajet du retour, Marie-Chantal prit des repères tout au long du chemin. Dans sa jeunesse, Julie avait manqué de repères.*

Ris / Riz

Robert adore les ris de veau accompagnés de riz. Les ris sont les thymus d'animaux comme le veau, l'agneau ou encore le chevreau. Ces glandes situées à la base du cou sont fort appréciées dans l'élaboration de certains plats. Le riz étant, bien sûr, une céréale utilisée dans l'alimentation pour accompagner notamment viandes ou poissons. *Un bol de riz. Un gâteau de riz. Du riz au lait. Du riz long, blanc, cantonais, au safran, au curry...*

Roder / Rôder

L'action de roder un moteur (par extrapolation, on dit « roder une voiture ») consiste à prendre toutes les précautions utiles afin de l'adapter à un futur fonctionnement ordinaire, banalisé, sans retenue. Dans un sens courant, « roder » signifie « mettre au point quelque chose par la répétition ou la pratique ».

Le verbe intransitif « rôder » (avec un accent circonflexe sur le « o ») équivaut à « errer avec des intentions suspectes ou belliqueuses ». Mais vous pouvez aussi l'utiliser dans le sens de « errer au hasard ». *La nuit, Marie-Chantal craignait les bandes qui rôdent dans son quartier.*

Romain / Italique

Les caractères d'imprimerie en romain furent inventés en 1466 (par deux imprimeurs… romains) pour remplacer les caractères gothiques. Inventés en 1501 par l'artiste italien Francesco Raibolini (voir aussi plus bas), les caractères en italique imitaient pour leur part la calligraphie manuscrite des diplomates de l'époque. Mais surtout, ces caractères en italique prenaient moins de place que les caractères romains ou gothiques, ce qui permit aux imprimeurs de réaliser d'emblée des économies notables de papier et de réduire le coût de leurs productions.

Les mots composés en italique penchent vers la droite. Dans le langage des professionnels de l'écrit (typographes, imprimeurs, éditeurs, journalistes), on abrège généralement le terme en disant que telle expression doit être composée « en ital ». Ce type de caractères inclinés s'oppose donc au romain (polices de caractères « droits », c'est-à-dire perpendiculaires à la ligne).

Dans le code typographique français, on applique des caractères en italique : aux mots, passages et expressions provenant d'une langue étrangère (l'*University College of London, no man's land, aficionados*) ; aux locutions latines (*a priori, de facto*). Mais il est d'usage de composer « etc. » (abréviation de *et cetera*) en romain. L'italique s'impose aussi : aux titres de journaux et publications périodiques (*Le Monde, La Libre Belgique, La Tribune de Genève, Le Nouvel Observateur, Science et Avenir, La Revue du cinéma*) ; aux titres d'œuvres littéraires artistiques et scientifiques (*La Comédie humaine, Le roi se meurt*) ; aux notes de musique ; aux noms de bateaux (La *Calypso*) ; aux citations (voir par ailleurs « les guillemets » dans la notule *Ponctuation*), etc.

Connu des typographes sous le nom de Francesco Griffo, le peintre et graveur italien Francesco Raibolini (1450-1517), dit Francesco Francia ou Francesco de Bologne, confectionnait médailles, gravures, décorations et caractères d'imprimerie, notamment pour l'imprimeur et érudit vénitien Alde Manuce (1449-1515). Il créa ses célèbres caractères en italique pour réaliser une édition de l'œuvre du poète romain Virgile (70-19 av. J.-C.). Enthousiaste lettré, Alde Manuce a largement contribué à diffuser les chefs-d'œuvre littéraires de l'Antiquité gréco-romaine. Il tira de l'oubli les œuvres de nombreux auteurs qu'il s'appliqua à éditer et à diffuser à des prix abordables.

Rutilant

L'adjectif « rutilant » prend racine dans le latin *rutilus* qui signifie « briller d'un rouge ardent ». Vers le XVIᵉ siècle, le sens s'est élargi à « briller d'un vif éclat ». Les puristes n'ont pas forcément tort de s'en tenir au premier sens du terme. En conséquence, ils continuent de réfuter l'utilisation de « rutilant » pour évoquer un objet éclatant ou brillant quelle qu'en soit la couleur. Ils considèrent comme fautive la formule « chromes rutilants ». Et, pour eux, une voiture rutilante est forcément rouge. En réalité, l'usage a finalement entériné la seconde acception. Et « rutilant » peut désormais s'employer comme un synonyme de « brillant », « éclatant », « flamboyant », « étincelant », voire « scintillant ».

S

Sabler le champagne / Sabrer le champagne

En hiver, il arrive que le personnel de la voierie ait à sabler les chaussées verglacées. Mais l'acception qui nous intéresse ici signifie « couler dans un moule de sable ». Par analogie avec la façon dont les ouvriers devaient verser précipitamment la matière en fusion dans le moule, sabler en est venu à évoquer l'idée de « boire d'un trait » (boire très vite). Aussi disait-on au XVIIᵉ siècle : *Sabler un verre de vin, un verre de champagne.* Par extension de sens mais avec une légère contraction dans la formule, « sabler le champagne » en est donc venu à signifier « célébrer un événement heureux en buvant du champagne ». *À la naissance de leur bébé, Robert et Marie-Chantal ont sablé le champagne.*

Apparue au début du XXᵉ siècle, la tournure « sabrer le champagne » désigne une manière fort originale et non moins spectaculaire d'ouvrir les bouteilles consistant à donner un violent coup de sabre (dirigé vers le ciel) sur le goulot. Aujourd'hui, le sabre ne figurant plus que très rarement dans la panoplie des ustensiles de base de la ménagère, d'aucuns s'amusent à exercer ce type de rodomontade à l'aide d'un grand couteau de cuisine. Ce qui nécessite une certaine dextérité et présente surtout des risques de blessure non négligeables. Ainsi l'expression « sabrer le champagne » a-t-elle gagné toute légitimité dans la langue. Mais elle ne peut bien évidemment pas se substituer à « sabler le champagne ».

Sain / Saint / Sein / Seing

Voir aussi « Saints » dans la notule Majuscules.
L'adjectif « sain » qualifie un être en bonne santé. Il s'oppose à « malade » et s'emploie volontiers dans le sens de « normal » sur le plan psychique ou moral, « équilibré ». Ce terme peut également désigner une chose bénéfique pour la santé. *Marie-Chantal mène une vie saine. Un esprit sain dans un corps sain. Les sauveteurs les ont retrouvés sains et saufs* (indemnes). Une personne canonisée par l'Église devient un « saint ». Mais le mot s'emploie aussi pour parler d'un individu qui suit une existence conforme aux lois de la religion ou de la morale. Le terme figure dans de nombreuses formules figées : *Le Saint des Saints* (l'endroit le plus exceptionnel qui soit). *La sainte-paye, la sainte-touche* (le jour de la paye). *Le Saint-Sacrement* (l'Eucharistie). *Les Saintes Écritures. La guerre sainte. Toute la sainte journée* (sans arrêt). *Ne plus savoir à quel saint se vouer* (hésiter, ne plus savoir comment se sortir d'une affaire). *Les saints de glace* (11, 12, 13 mai).

Mais celui qui aime à regarder et/ou caresser la poitrine des femmes n'a bien évidemment rien d'un
saint. Le sein étant l'une des mamelles de la femme :
Une jolie paire de seins. Il existe de nombreux mots
familiers pour évoquer les seins : doudounes, lolos,
nénés, nichons, roberts, rotoplots ou roploplos…

Enfin, le mot « seing » dérive de « signe », « marque ».
Il signifiait « signature » au XIVe siècle. Dans son
acception moderne, on l'emploie essentiellement
dans le langage juridique pour un acte établi entre
des particuliers, sans passer devant un notaire : *Une
signature sous seing privé.*

Sans faute / Sans fautes

Le mot « sans » est une préposition qui ne doit
jamais s'employer dans un tour adverbial. Il convient
de proscrire absolument ce type de phrase : *J'ai
besoin de ma voiture, je ne peux pas faire sans.* Ici, il
faut écrire : *J'ai besoin de ma voiture, je ne peux pas
m'en passer.*

« Sans » appelle aussi bien le singulier que le pluriel.
Le sens conduit « sans » vers la graphie appropriée.
D'une façon générale, vous devez utiliser le singulier
pour les noms abstraits. *Sans pitié, sans hâte, sans
retour, sans peur, sans crainte, sans force, sans ran-
cune, sans joie, sans encombre, sans plaisir, sans gêne,
sans inquiétude, sans émotion, sans passion, sans pré-
méditation, sans relâche, sans fin, sans doute, sans
défense, sans conviction, sans discussion, sans importance, sans bruit, sans discernement,* etc.

Dès que l'on aborde les mots concrets, le bon sens

l'emporte. *Un couteau sans manche. Un homme sans chapeau. Un gilet (une veste, une chemise) sans manches. Une femme sans chaussures. Une pièce sans porte ni fenêtres*, etc.

On emploiera plutôt le singulier dans les tournures suivantes : *Sans sucre, sans arrêt, sans transition, sans délai.* En revanche, les formulations qui suivent peuvent tout aussi bien supporter le singulier que le pluriel : *Sans incident(s), sans défaut(s), sans preuve(s), sans précaution(s), sans témoin(s), sans préjugé(s), sans ménagement(s), sans scrupule(s)*, etc.

Enfin, on écrit : *Venir sans faute à un rendez-vous* (venir à coup sûr). Mais il faut écrire : *Un texte (ou examen) sans fautes*, car on estime que le texte (ou examen) en question aurait pu comporter plusieurs fautes. Toutefois, vous pouvez très bien écrire : *Un devoir (texte, examen, etc.) sans faute* (sans « s ») pour insister sur le caractère exceptionnel de la chose. Comme si vous vouliez dire : sans aucune faute, sans la moindre faute.

Par ailleurs, il faut absolument proscrire : *Vous n'êtes pas sans ignorer.* Il convient de dire : *Vous n'êtes pas sans savoir.* Ce qui signifie : *Vous savez.*

Satire / Satyre

Sous la forme d'un ouvrage, d'un article, d'un film, d'une pièce de théâtre ou d'un dessin, la satire ridiculise quelqu'un ou quelque chose. Il s'agit d'une critique moqueuse plus ou moins virulente. Genre très spécifique de la littérature latine, la satire critiquait les mœurs dans l'Antiquité romaine. Plus tard, le mot

désignera un poème en vers qui attaque les vices de
ses contemporains, comme les *Satires* de Juvénal, de
Boileau.

Divinité mythologique, le satyre possède un corps
d'homme, des cornes et des pieds de bouc. Au sens
figuré, le terme s'utilise pour parler d'un homme
cynique, lubrique, obscène, voire exhibitionniste
ou voyeur. Une sorte de pervers sexuel. *Le dieu Pan
est représenté sous la forme d'un satyre. Ce vieux
satyre n'hésite pas à harceler les jeunes filles dans la
rue.*

Saut / Sceau / Seau / Sot

Sur le sceau de ce seigneur un peu sot figurait un seau.
Le sceau se présente sous la forme d'un cachet officiel où sont gravées les effigies (les armes, la devise)
d'un roi, d'un État, d'une institution. Le sceau se
rapporte aussi à l'empreinte laissée par le cachet. *Le
sceau de l'État sert à authentifier solennellement des
actes, traités, accords, constitutions. Le sceau de la
République n'a pas été modifié depuis le 8 septembre
1848.* Au figuré, le mot « sceau » équivaut à « empreinte ». *Robert ne lit plus de livres marqués du sceau
de la philosophie.* Faire une révélation sous le sceau
du secret implique que le secret ne sera pas divulgué.

Qu'il soit en plastique, en métal ou en bois, le seau
(récipient cylindrique muni d'une anse) sert à trans-
porter de l'eau, de la terre, du charbon…

Synonyme de « bond », le saut peut se réaliser, par
exemple, sans élan ou à pieds joints. Il existe une
multitude de sauts possibles : *Saut périlleux, à la*

corde, en longueur, en hauteur. Sans oublier le saut à la perche ou le triple saut.

Enfin, le niais (nigaud, dadais, idiot, benêt) peut aussi être appelé sot.

Sceptique / Septique

La construction d'une fosse septique dans sa maison rendait Robert sceptique. Tout individu qui doute ou adopte une attitude incrédule se conduit en sceptique. *Marie-Chantal reste sceptique sur l'issue de son projet. La stratégie de l'équipe de France de football nous laisse sceptiques.*

De son côté, l'adjectif « septique » qualifie le procédé qui produit la putréfaction. *Sous l'action de microbes anaérobies, une fosse septique transforme son contenu en composés minéraux inodores.*

Serein / Serin

Robert a un air serein lorsqu'il admire son serin en cage. L'adjectif « serein » qualifie ce qui est calme, pur, paisible. Il ne faut bien évidemment pas confondre avec le serin, ce petit oiseau au bec court et au plumage généralement jaune.

Sigles et acronymes (différence)

Les sigles, sortes d'abréviations pures, ne peuvent que s'épeler : SNCF, PNB, RATP, CDI. L'acronyme, lui, se prononce comme un mot ordinaire (par exemple, ovni).

La première lettre (ou parfois les deux premières) de chaque mot constituant l'expression d'origine sert à construire l'acronyme. Mais, dans certains cas, on conserve seulement la première lettre de l'un des mots pour rendre l'acronyme plus facile à mémoriser. Par ailleurs, certains acronymes devenus des mots à part entière de la langue française correspondent à un développement en langue anglaise. *Laser* (*Light Amplification by Stimulated Emission of Radiation* ; en français « amplification de la lumière par émission stimulée de rayonnement »), *radar* (*RAdio Detection And Ranging* ; en français : détection et estimation de la distance par ondes radio). Quant au UFO anglais (*Unidentified Flying Object*), il a donné un acronyme français : *ovni* (Objet Volant Non Identifié). Il y a aussi la Nasa (*National Aeronautics and Space Administration*, qui signifie Administration nationale de l'aéronautique et de l'espace) ou encore l'Unesco (*United Nations Educational, Scientific and Cultural Organisation*, c'est-à-dire l'Organisation des Nations unies pour l'éducation, la science et la culture).

Bien évidemment, il existe aussi des acronymes tirés d'une expression de langue française. Par exemple, Capes (Certificat d'Aptitude au Professorat de l'Enseignement du Second degré). On voit ici que les lettres « d » de l'article « de » et de « degré » n'ont pas été prises en compte dans le souci de créer un acronyme (sigle qui se prononce) et pas une abréviation. On peut aussi citer l'Ademe (Agence De l'Environnement et de la Maîtrise de l'Énergie). Ici le « d » du premier article « de » a été retenu. À l'inverse, les lettres « e » de la préposition « et », « d » des deuxième et troisième « de » ou encore « l » de « la » ont été écartées.

Soulignons que le code typographique (règlement universel conçu et appliqué par les professionnels de l'écrit et de l'imprimerie) a considérablement évolué sur la façon d'écrire les sigles. Le manuel typographique de l'Imprimerie nationale préconise R.A.T.P. (avec des points). De son côté, l'Académie française distingue les acronymes qui se prononcent de ceux qui s'épèlent. Elle conseille donc : UNESCO, ENA, OTAN (sans points) et S.A.R.L., R.A.T.P., O.G.M., P.-D.G.

D'autres manuels de typographie sérieux conseillent pour leur part d'appliquer des règles plus simples. Ainsi voit-on très couramment RATP et même parfois Ratp. Le mieux consiste à appliquer la règle suivante : écrire les acronymes en bas de casse (minuscules avec majuscule au début du mot) et les sigles « purs » en capitales : RATP, SNCF, Ademe, Capes, Unesco, Nasa.

Quant au développement du sigle (toujours obligatoire), les manuels récents préconisent : Capes (Certificat d'aptitude au professorat de l'enseignement du second degré). [Plus haut, nous avons volontairement laissé les capitales dans le développement du sigle pour les besoins de l'explication.] Cette règle peut donc aussi s'appliquer au sigle SNCF (Société nationale des chemins de fer français).

Signe / Cygne

Pour étudier les déplacements du cygne, l'ornithologue le marqua d'un signe de peinture rouge. Un signe (geste, mouvement, son, couleur, symbole…) permet d'indiquer, de distinguer ou de reconnaître quelque chose. Les mots « signer », « signaliser », « signature », « signet », « consigne », « insigne » appartiennent à la même famille. *Pour Robert, la rencontre de Marie-Chantal fut un signe du destin.*

Quant au cygne (oiseau aquatique palmipède au plumage blanc et au long cou), il glisse lentement à la surface d'un lac. Inutile de lui faire signe, il ne vous verra probablement pas. La formule figée « chant du cygne » désigne la dernière œuvre d'un artiste (juste avant sa mort).

Soi-disant

Adjectif invariable, « soi-disant » a été construit à partir du pronom personnel « soi » et du verbe « dire ». Aussi la formule ne s'appliquait-elle à l'origine qu'aux personnes, qui seules disposent de la parole donc de la capacité de s'exprimer (de dire). Dans cette forme première, « soi-disant » signifie « qui prétend être ainsi », « qui se dit être ainsi ». Il faut ici comprendre : la personne (soi) se dit ainsi. *Un soi-disant artiste, des soi-disant médecins, un soi-disant serrurier.*

L'acception a ensuite dérivé vers le sens suivant : qui n'est pas vraiment ce que l'on dit. On s'approche dès lors de « prétendu » ou de « présumé ». Parallèlement, l'expression a aussi été appliquée à des choses. *De soi-disant faveurs. Une soi-disant expérience. Un soi-disant service.* Parfois, on en arrive presque au sens de « parodie ». *Une soi-disant démocratie. Un soi-disant débat. Une soi-disant liberté.*

« Soi-disant » peut également prendre une forme adverbiale dans le sens de « prétendument ». *Un ministre soi-disant compétent. Un livre soi-disant exceptionnel. Une analyse soi-disant implacable. Une relation soi-disant indestructible. Marie-Chantal se rendit à Londres, soi-disant pour affaires.*

Enfin, dans la langue écrite soutenue (et même moins soutenue), il convient de proscrire absolument l'utilisation de « soi-disant que » dans le sens de « il paraît que ».

Un solde / Une solde / Des soldes

Le solde d'un compte représente la différence entre les entrées et les sorties d'argent. Un solde positif (ou créditeur) dispose d'un excédent (bénéfice). Un solde négatif (ou débiteur) correspond à un déficit (perte). Quant à l'expression « pour solde de tout compte », elle désigne une somme qui apure définitivement les comptes entre deux individus, deux entreprises ou un salarié et l'entreprise qu'il quitte. Enfin, un solde signale une marchandise vendue au rabais. *Pendant la période des soldes, Marie-Chantal s'en donne à cœur joie. Le magasin propose des soldes exceptionnels, monstrueux, avantageux* (au masculin, la plupart du temps au pluriel).

Le substantif féminin « solde » s'applique à la rémunération d'un militaire. *La solde d'un soldat, d'un matelot. Toucher sa solde.* Le militaire qui perçoit une solde réduite, c'est-à-dire qui encaisse une « demi-solde » (au féminin), s'appelle un « demi-solde » (au masculin).

Somptuaire / Somptueux

L'achat de somptueux cadeaux entraîne souvent des dépenses somptuaires. L'adjectif « somptuaire » qualifie des dépenses très coûteuses, luxueuses, fastueuses, voire inutiles. *Pour aller au mariage de sa meilleure amie, Marie-Chantal a fait des dépenses somptuaires.*

Dans l'Antiquité romaine, un édit somptuaire visait à restreindre les dépenses publiques. Dans le même registre, un impôt somptuaire touchait les citoyens menant un grand train de vie.

Quant à l'adjectif « somptueux », il désigne un objet d'un luxe extrême et éventuellement de grande beauté. Le mot est synonyme de « fastueux », « luxueux », « magnifique », « splendide ». *Marie-Chantal a offert un somptueux cadeau à Julie.*

Suite à

Voir aussi De suite

Trop souvent rencontrée dans les correspondances administratives, l'expression « suite à » est totalement fautive. Vous devez écrire : *Comme suite à mon courrier du 3 octobre.* Ou encore : *Pour faire suite à mon courrier du 3 octobre.* La formule se réfère ici

à une lettre que l'on a soi-même envoyée auparavant. Vous utiliserez « en réponse à » dans les
autres cas.

T

Tel / Tel que / Tel quel (accord)

Voici un premier exemple dans lequel vous pouvez orthographier « tel » de deux façons tout à fait acceptables, tant au niveau de l'analyse du sens que de l'usage : *La foule grouillait, telle des rats. La foule grouillait, tels des rats.* Dans la première graphie, « tel » s'accorde avec le terme qui précède (la foule). Dans la seconde formule, « tel » s'accorde avec le terme qui suit (les rats). Mais, dans de nombreux autres exemples, l'analyse et l'usage imposent l'accord avec le terme qui suit. *C'était un homme en colère, telle une bête sauvage. Robert, telle une femme fantasque, se vexait souvent pour un rien. Celles qui pensent, tel votre frère, qu'il nous faudra du temps ont bien raison.*

Dans des constructions comme « reconnaître comme tel » ou « considérer comme tel », l'accord se fait avec le complément dont « tel » est l'attribut. *Cette maison n'a rien d'un château, mais Robert la considère comme telle.*

Dans le cas de l'utilisation de « tel que », il faut accorder avec le premier terme de la comparaison (celui qui précède « tel que »). *Il y a dans ce village des maisons superbes, telles que le manoir de Robert. Des jeunes compositeurs, tels que Dupuis, ne manquent pas de talent. Si vous écoutez un compositeur tel que Dupuis, vous serez séduit.*

Quant à « comme tel » et « en tant que tel », ils s'accordent avec le terme auquel on compare le sujet. *Ces maisons, considérées comme des châteaux, seront imposées comme tels* (on compare le sujet « maisons » à « châteaux »).

Enfin, « tel quel » s'accorde avec le nom auquel il se rapporte. *Je vous rends votre voiture telle quelle. Nous citons vos explications telles quelles.*

Tendresse / Tendreté

La tendresse que l'on éprouve envers quelqu'un correspond à un sentiment proche de l'affection, à un sentiment empreint de sensibilité et de douceur. *Julie éprouve une touchante tendresse pour ses neveux. Robert et Marie-Chantal ont passé la soirée à échanger des regards pleins de tendresse.* De son côté, le mot « tendreté » ne s'utilise que pour décrire des réalités concrètes. Il se rapporte aux choses peu résistantes, faciles à couper. Ainsi parle-t-on essentiellement de la tendreté de la viande, mais aussi de certaines roches calcaires.

Tome / Tomme

Le mot « tome » correspond à « volume ». Une œuvre en trois tomes se compose donc de trois volumes. Mais on ne va pas en faire tout un fromage. Et surtout pas un fromage de tomme ! *La tomme de Savoie.*

Tout(e) / Tous / Toutes

« Tout » peut prendre la forme d'un nom, d'un adjectif, d'un déterminant, d'un pronom ou d'un adverbe.

— Nom : un tout, des touts. *Robert a risqué le tout pour le tout. Il y a une différence fondamentale entre le tout et les parties.*

— Adjectif qualificatif, « tout » signifie « complet », « entier », « véritable ». *Toute la journée. Toute une nuit. C'est toute une histoire. C'est tout un problème. Toute cette année. Gagner le championnat du monde, toute la France y croit. Toute la Rome des empereurs.*

— Déterminant indéfini au singulier, « tout » signifie alors « toute espèce de », « n'importe quel », « n'importe qui », « chaque ». *À tout moment. De tout temps, les hommes... À toute heure du jour, Marie-Chantal mange du chocolat. Contre toute attente, Julie a été reçue à son examen. Tout un chacun. Abandonner toute pudeur.*

— Déterminant indéfini au pluriel, « tous » prend le sens de « sans exception », « la totalité de ». *Robert a toutes les peines du monde à s'arrêter de fumer. C'est écrit en toutes lettres. Nous tous. Elles toutes. Ils sont venus tous les sept. Écouter de toutes ses oreilles. S'enfuir à toutes jambes.*

Toujours en sa qualité de déterminant indéfini, et bien qu'il n'y ait pas d'obligation formelle, le singulier tend cependant à s'imposer dans les expressions suivantes : *Une voiture tout terrain. De toute façon. De toute manière. En tout genre. De toute taille. Tout compte fait.* Toutefois, le pluriel l'emporte absolument dans : *De toutes sortes. En tous points. Toutes proportions gardées.*

— L'utilisation en tant que pronom ne pose aucune difficulté particulière. *Tout a été vendu. En tout et pour tout. Après tout. Tout compris. Tous l'ont vu partir. Ils sont tous reçus. Ce sont tous d'anciens élèves de Renoir. Robert aime les livres de Flaubert, il les a tous lus. Elles me font toutes pitié.*

— L'adverbe « tout » signifie « entièrement », « tout à fait ». *Une route tout en virages. Une histoire d'amour tout aussi belle que la nôtre ne peut finir ainsi. Marie-Chantal était de tout aussi bonne humeur que la dernière fois. Elles sont tout étonnées. Elles se sont fâchées tout rouge.*

En sa qualité d'adverbe, « tout » reste normalement invariable. Cependant, l'accord se fait devant un adjectif féminin commençant par une consonne : *Elles sont toutes surprises du chaleureux accueil de Julie.* Mais on écrit : *Elles sont tout attristées de nous quitter* (voyelle, pas d'accord). *La ville tout entière bruissait de mille rumeurs.* Attention aussi au sens que vous souhaitez donner à la formulation : *Dans la manifestation, les femmes étaient toutes en blanc* (toutes les femmes, sans aucune exception, étaient vêtues de blanc). *Dans la manifestation, Julie et Marie-Chantal étaient tout en blanc* (Julie et Marie-Chantal étaient tout de blanc vêtues, entièrement vêtues de blanc).

Vénéneux / Venimeux

L'adjectif « vénéneux » qualifie les végétaux qui possèdent un poison toxique. Au figuré, « vénéneux » peut s'employer dans le sens de « qui peut générer le mal ou la douleur », « qui peut produire des effets néfastes ». *Les pharmaciens connaissent la liste des champignons vénéneux. Julie utilise parfois un langage vénéneux.*

Pour sa part, l'adjectif « venimeux » qualifie les animaux qui produisent du venin. Par extrapolation, « venimeux » peut aussi signifier « empreint de haine, de méchanceté ». *Les scorpions, serpents et autres animaux venimeux me font très peur.*

Soulignons que « venimeux » vient de « venin » et ne se prononce donc pas « vénimeux », comme on l'entend trop souvent.

Ver / Verre / Vers / Vert

Robert se mit à écrire des vers sur ce ver caché dans son verre vert. Petit animal invertébré au corps allongé, mou et sans pattes, le ver n'a rien de sympathique. D'autant que le mot s'applique aussi à toute petite créature, parasite, larve ou autre ayant la même forme. *Dans cet amoncellement de détritus, vers et asticots fourmillent. Un ver de terre. Un ver à soie. Un ver solitaire. Un ver luisant. Se tortiller comme un ver. Nu comme un ver. Tirer les vers du nez à quelqu'un* (lui faire avouer quelque chose). *Ce bouquin n'est pas piqué des vers* (il sort des sentiers battus, il est remarquable, intense). *Le ver est dans le fruit* (la situation va se détériorer).

Le verre est une substance dure, cassante et transparente. Le mot désigne aussi le récipient qui permet de boire. *Un verre en cristal. Un verre à pied. Un verre à vin. Boire un verre d'eau. Robert s'enivra en buvant verre après verre.* Quand on dit « boire un verre », il s'agit d'une métonymie : figure de rhétorique par laquelle on exprime le contenu par le contenant.

Le mot « vers » s'applique pour sa part à une forme normée de l'écriture utilisée dans la poésie. *Des vers rimés. L'alexandrin correspond à un vers de douze pieds. Dans sa jeunesse, Robert passait des heures à écrire des vers.*

La préposition « vers » signifie « en direction de ». *Se diriger vers la porte.*

Adjectif ou nom, « vert » désigne une couleur. *Des feuilles vertes. Il y a dans ces toiles des verts puissants.* Dans une autre acception, « vert » se dit d'un fruit qui n'est pas encore mûr. Chez un individu, le terme qualifie la vigueur, la jeunesse. *À 60 ans, le père de Robert est toujours vert.*

Verbes pronominaux (accord du participe passé)

Il s'agit ici de l'une des règles les plus contraignantes de la langue française. Puristes et exégètes s'asticotent toujours sur certains points de détail que nous laisserons trancher par les plus éminents grammairiens. Il convient cependant de respecter les principes élémentaires qui régissent ces accords. Vous verrez, au bout de quelques instants, on se prend très facilement au jeu !

Les verbes pronominaux se conjuguent toujours avec l'auxiliaire « être ». Dans ces conditions, le participe s'accorde en genre et en nombre avec le sujet. *Ils se sont lavés. Marie-Chantal s'est coupée. Marie-Chantal et Julie se sont baignées. Robert s'est baigné. Marie-Chantal et Julie se sont crues habiles. Marie-Chantal et Julie se sont senties responsables.*

Toutefois, il existe de multiples cas particuliers.

1. On peut considérer que « être » remplace « avoir »

Lorsque le complément d'objet direct est placé devant l'auxiliaire il y a accord. *Marie-Chantal et Robert se sont lavé les mains* (ils ont lavé quoi ? les mains). *Les mains que Marie-Chantal et Robert se sont lavées ne sont pas propres. Marie-Chantal s'est coupé les ongles. Marie-Chantal s'est coupée au doigt* (ici « doigt » n'est plus que complément circonstanciel). *Elles se sont frappé la tête. La tête qu'elles se sont frappée. Marie-Chantal s'est attribué bien des mérites. Les mérites que Marie-Chantal s'est attri-*

bués. *Cette fille, Robert se l'était imaginée autrement* (le complément d'objet direct est « l' »). *On s'est bien amusés, avouèrent les garçons* (la fin de l'énoncé appelle le pluriel). *Marie-Chantal s'est imaginé être affreuse.*

2. Le cas des verbes à sens réciproque

Si le pronom personnel réfléchi « se » a valeur de complément d'objet direct, vous accordez. *Elles se sont frappées. Elles se sont frappées à la tête. Elles se sont battues. Elles se sont embrassées sur la joue.* Mais si le pronom personnel réfléchi a valeur de complément d'objet indirect, trois cas se présentent.

— Il n'y a pas de complément d'objet direct : pas d'accord. *Elles se sont plu. Elles se sont parlé* (dans les deux cas, l'une a plu ou parlé à l'autre).

— Le complément d'objet direct est placé après le verbe : pas d'accord. *Ils se sont reproché leurs erreurs.*

— Le complément d'objet direct est placé avant le verbe : accord. *Les erreurs qu'ils se sont reprochées.*

3. Participe passé suivi de l'infinitif

Le participe passé de « se faire » et de « se laisser » suivi d'un infinitif reste invariable. *Julie s'est laissé escroquer. Marie-Chantal s'est laissé séduire. La maison que Marie-Chantal s'est fait construire est superbe. Les explications que Robert s'est fait donner l'ont convaincu. Marie-Chantal s'est fait applaudir longuement à l'issue de son discours.*

Avec « se sentir » (mourir, renaître, revivre, dépérir,

faiblir, grandir, etc.), le participe passé « senti »
s'accorde avec le complément d'objet direct. *Après
un bon repas, elles se sont senties revivre* (elles ont
senti qu'elles revivaient). Mais il faudra écrire : *Elles
se sont senti entraîner par le courant* (elles ont senti
que le courant les entraînait).

4. Sens passif

Le participe passé s'accorde toujours avec le sujet.
*Les maisons se sont bien vendues. Les concerts se sont
joués pendant deux mois.*

5. Verbes essentiellement pronominaux

Nous parlons ici des verbes qui ne peuvent se
concevoir sans le pronom personnel : *s'absenter,
s'abstenir, s'accouder, s'ébattre, s'enfuir, s'enticher,
s'esclaffer, se prélasser, se rebeller, se souvenir, se
soucier, se tapir, se targuer*, etc. Le participe passé
s'accorde avec le sujet. *Les perdrix se sont envolées.
Les policiers se sont emparés du voleur. Marie-
Chantal s'est enquise de l'heure du départ. Elles se
sont enfuies. Elles se sont souvenues. Elles se sont
repenties.* Exception : le verbe « s'arroger ». Son participe passé s'accorde avec le complément d'objet
direct placé avant : *Marie-Chantal s'était arrogé de
multiples pouvoirs. Les pouvoirs que Marie-Chantal
s'était arrogés.*

6. Invariabilité (ou pas)

Le participe passé des verbes pronominaux (ou locutions verbales) suivants reste toujours invariable : *se plaire, se complaire, se déplaire, se rire, s'entre-nuire, se rendre compte, se faire jour, s'en vouloir de, ne pas s'en faire, s'en mettre plein les poches, se mettre quelqu'un à dos, s'en donner à cœur joie, s'en mordre les doigts, s'en prendre à.*

À l'inverse, les participes passés des locutions verbales suivantes s'accordent : *s'inscrire en faux, se mettre bien (ou mal), se porter garant, se porter caution, se rendre maître, se tenir coi, se trouver court, se faire l'écho.*

Julie s'en était rendu compte. Marie-Chantal s'est mis à dos son patron. Ils s'en étaient mordu les doigts. Elle s'est inscrite en faux. Marie-Chantal s'était portée garante de sa meilleure amie. Ils se sont portés caution pour leurs enfants. Elle se serait tenue coite. Elles se sont faites l'écho de, etc.

Vingt

Voir Nombres

Voie / Voix

Ne pas confondre la voie (le chemin, la route) qui mène à la maison avec l'exceptionnel timbre de voix de tel ou tel chanteur. Par ailleurs, dans un vote, on exprime un choix (jugement, volonté) en apportant sa voix (suffrage). *Fleuves et canaux sont des voies navigables. Être sur la bonne voie* (sur le point de réussir). *Marie-Chantal revint de vacances avec une extinction de voix. Il faut la majorité absolue des voix pour être élu.*

Voire

Utilisé dans une forme exclamative pour marquer le doute ou l'ironie, l'adverbe « voire » prend alors un tour plaisant. *Ce livre serait un chef-d'œuvre. Voire !* Mais « voire » est devenu une conjonction ayant le sens de « même » ou de « et même ». *Marie-Chantal écrit correctement, voire avec un style très plaisant.* Dans ces conditions, vous devez proscrire la formule « voire même ». On s'étonnera d'ailleurs que l'Académie française continue d'accepter imperturbablement ce détestable pléonasme.

Soulignons qu'une autre incorrection flagrante commence à s'immiscer ici ou là dans des phrases comme celle-ci : *L'équipe de France risque de gagner, voire de faire match nul.* Avec ce sens de « et même », il faut évidemment dire ou écrire : *L'équipe de France risque de faire match nul, voire de gagner.* Car, « voire » annonce une meilleure proposition que celle qui précède.

BIBLIOGRAPHIE SUCCINCTE

Alletz Pons-Augustin, *Dictionnaire des richesses de la langue françoise et du néologisme qui s'y est introduit*, 1710.

Bayle Pierre, *Dictionnaire historique et critique*, 1697.

Bescherelle Louis-Nicolas, *Dictionnaire national ou dictionnaire universel de la langue française*, 1856.

Bloch et Wartburg, *Dictionnaire étymologique de la langue française*, PUF, 1968.

Brunot Ferdinand, *La Pensée et la Langue*, Masson, 1936.

Carpentier Nicolas-Joseph, *Dictionnaire du bon langage*, 1860.

Cellard Jacques et Rey Alain, *Dictionnaire du français non conventionnel*, Hachette, 1980.

Davau Maurice, Cohen Marcel, Lallemand Maurice, *Dictionnaire du français vivant*, Bordas, 1972.

Delvau Alfred, *Dictionnaire de la langue verte*, 1867.

Desgranges, *Petit dictionnaire du peuple, à l'usage des quatre cinquième de la France*, 1821.

D'Hautel, *Dictionnaire du bas langage*, 1808.

Esnault Gaston, *Dictionnaire historique des argots français*, Larousse, 1985.

Féraud Jean-François, *Dictionnaire critique de la langue française*, 1787.

Furetière Antoine, *Dictionnaire universel*, 1690.

Furetière Antoine, *Dictionnaire des Halles*, 1696.

Furetière Antoine, *Essais d'un dictionnaire universel*, 1684 et 1685.

Girodet Jean, *Dictionnaire du bon français*, Bordas, 1981.

Godefroy Frédéric, *Dictionnaire de l'ancienne langue française et de tous ses dialectes du IXe au XVe siècle*, 1881-1902.

Goose André, *Façons de parler*, Duculot, 1971.

Grévisse Maurice, *Le Bon Usage*, Duculot, 1980.

Hanse Joseph, *Nouveau dictionnaire des difficultés du français moderne*, Duculot, 1983.

Hayard Léon, *Dictionnaire d'argot français*, 1907.

La Châtre Maurice, *Nouveau dictionnaire universel*, 1865.

Lacotte Daniel, *Petite anthologie des mots rares et charmants*, Albin Michel, 2007.

Larchey Lorédan, *Les Excentricités du langage français*, éditions de 1861, 1862, 1865.

Laveaux Jean-Charles, *Nouveau dictionnaire de la langue française*, 1828.

Laveaux Jean-Charles, *Dictionnaire raisonné des difficultés grammaticales et littéraires de la langue française*, 1846.

Littré Émile, *Dictionnaire de la langue française*, 1863-1878.

Ménage Gilles, *Dictionnaire étymologique de la langue françoise*, 1750.

Molard Étienne, *Dictionnaire grammatical du mauvais langage*, 1805.

Nicot Jean, *Le Thresor de la langue françoyse, tant ancienne que moderne* (Paris, David Douceur, 1606).

Oudin Antoine, *Curiositez françoises*, 1640.

Quitard Pierre-Marie, *Dictionnaire étymologique, historique et anecdotique des proverbes et des locutions proverbiales de la langue française*, 1842.

Richelet Pierre, *Dictionnaire françois contenant les mots et les choses*, 1680.

Richelet Pierre, *Dictionnaire de la langue françoise ancienne et moderne*, 1732.

Robert Paul, *Le Grand Robert de la langue française*, 1985 (édition revue et enrichie par Alain Rey).

Rochefort César (de), *Dictionnaire général et curieux*, 1685.

Thérive André, *Querelles de langage*, Stock, 1929, 1933, 1940.

Wagner Robert-Léon et Pinchon Jacqueline, *Grammaire du français classique et moderne*, Hachette, 1967.

Warnant Léon, *Dictionnaire de la prononciation française*, Duculot, 1968.

INDEX

À / De : 19-20
À / En : 20-21
À l'attention de / À l'inten-
tion de : 21
A priori : 37
À propos / À-propos : 38
Abhorrer / Adorer : 22
Abjurer / Adjurer : 22
Abolir / Abroger : 23
Abréviations : 23
Accentuation des capitales :
25
Acception / Acceptation :
27
Achalandé : 27
Ache / Hache : 28
Adhérent / Adhérant : 28
Affectation / Affection : 29
Air / Aire / Ers / Ère / Erre
/ Hère / Haire : 29
Aller à la poste / Aller chez
le coiffeur : 30
Aller et retour / Aller-retour :
31
Allocution / Élocution : 32
Alternative : 32
Amande / Amende : 33
An mil / An deux mille : 33
Ancre / Encre : 34

Annales / Annal / Anal : 34
Après que / Avant que : 35
Arcade / Arcane : 38
Au jour d'aujourd'hui : 40
Au temps pour moi / Au-
tant pour moi : 41
Au-dessous / En dessous :
39
Auspices / Hospice : 39
Avantage (D') / Davan-
tage : 41
Avérer (S') : 43
Avoir à faire / Avoir affaire :
42
Avoir l'air : 42

Bai / Baie / Bey : 45
Bailler / Bâiller / Bayer : 45
Bailleur / Bâilleur : 46
Balade / Ballade : 46
Baladin / Paladin : 47
Balai / Ballet : 48
Ban / Banc : 48
Banal / Banals / Banaux :
49
Baser / Fonder : 49
Bât / Bas : 50
Battre son plein / Battre
leur plein : 50

Béni / Bénit : 51
Bonace / Bonasse : 51
Bonbonne : 52
Bonhomme /
   Bonhommes / Bons-
   hommes : 52
Bourré / Bourreler / Bour-
   relé / Bourrelet : 52

Ça / Çà : 55
Caparaçonner / Carapace :
   55
Caverne / Taverne : 56
Censé / Sensé : 57
Cent : 57
Chaire / Chair : 58
Chœur / Cœur : 58
Cinéphile / Cynophile : 59
Classer / Classifier : 60
Collections : 60
Colorer / Colorier : 61
Comme : 61
Compte / Comte / Conte :
   62
Conjecture / Conjoncture :
   63
Convenir : 63
Cote / Côte / Cotte : 64
Couleur : 65
Coupe claire / Coupe
   sombre : 66
Courbatu / Courbaturé : 66
Courriel / Mél. : 67

De concert / De conserve :
   69
De suite : 71
Décade / Décennie : 69
Démystifier / Démythifier :
   70
Derechef : 70

Dessin / Dessein : 71
Deuxième / Second : 72
Dû / Dus : 72

Eh ! / Hé ! / Eh bien ! : 75
Éminent / Imminent : 76
En tant que de / autant que
   de : 76
Encre : 76
Entrer / Rentrer : 77
Espace : 77
Espèce de : 78
Étique / Éthique : 78
Évoquer / Invoquer : 79

Faire long feu : 81
Figures de style : 81
   L'antonomase : 82
   L'euphémisme : 82
   L'hyperbole : 82
   La litote : 83
   La métaphore : 83
   La métonymie : 83
   L'oxymore : 83
   La périphrase : 84
   La prétérition : 84
   La synecdoque : 84
Fruste / Rustre : 85

Gallon / Galon : 87
Gent : 87
Goulet / Goulot : 88
Grâce à / À cause de : 88
Gradation / Graduation :
   89
Gré : 89

Hache : 91
Haler / Hâler : 91
Haricot (Le) / L'haricot : 91

Héraut / Héros : 92
Hiberner / Hiverner : 92

Impératif : 95
Impératif / Impérieux : 96
Initialiser / Initier : 97

Jadis / Naguère : 99
Jours et mois : 99

La / Là : 101
Langouste / Mangouste :
    102
Levée / Lever : 102
Lever / Soulever : 103
Liaisons : 103
    Liaisons dangereuses :
        105
    Liaisons interdites : 104
    Liaisons obligatoires :
        104
Lice / Liste : 105
Locutions latines : 106

Macabre / Morbide : 109
Majuscules : 109
    Fonctions officielles :
        111
    Géographie : 111
    Histoire : 113
    Institutions : 111
    Saints : 112
    Titres d'œuvres : 113
Malgré que : 114
Mandature : 115
Mangouste / Langouste :
    116
Mari / Marri : 116
Mémoire : 116
Mille : 117

Naguère / Jadis : 119
Noël : 119
Nombres : 119
    Lisibilité : 121
    Nombres écrits en
        chiffres : 121
    Nombres inférieurs à 2 :
        121
    Trait d'union : 120
    Vingt, cent et mille : 120
Noms collectifs : 122
Nouvelles règles : 123
    Accents : 125
    Mots étrangers : 126
    Participe passé : 125
    Pluriel des noms
        composés : 124
    Trait d'union : 123

Ô / Oh ! / Ho ! : 127
Oasis : 128
On : 128
On-dit : 130
Ou / Où : 130

Pair / Paire / Père / Pers : 133
Pallier / Palier : 134
Par contre / En revanche :
    135
Par endroits / Par jour : 137
Parenthèses / Tirets : 137
Partial / Partiel : 137
Participe passé : 138
    Avec l'auxiliaire
        « avoir » : 139
    Avec l'auxiliaire
        « être » : 139
Perquisition / Réquisition :
    140
Peu me chaut : 140

Philtre / Filtre : 141
Pied : 141
Pineau / Pinot : 142
Pis / Pire : 142
Plain : 142
Pléonasme : 143
    À un certain moment
        donné : 144
    Abolir complètement :
        144
    Achever complètement :
        145
    Actuellement en cours :
        145
    Ajourner à plus tard : 145
    Différer à une date
        ultérieure : 146
    Erreur involontaire : 146
    Panacée universelle : 147
    Première priorité : 147
    Preuve probante : 147
    Prévoir à l'avance : 148
    Réserver à l'avance : 148
    S'avérer vrai : 149
    Se cotiser à plusieurs :
        149
Ponctuation : 150
    La virgule : 152
    Le point : 151
    Le point d'exclamation :
        151
    Le point
        d'interrogation : 151
    Le point-virgule : 153
    Les deux points : 154
    Les guillemets : 155
    Les parenthèses : 156
    Les points de
        suspension : 151
    Les tirets : 156
Possible : 157

Pourcentages : 157
Près / Prêt : 158
Prescrire / Proscrire : 158
Prodige / Prodigue : 159
Prolifique / Prolixe : 159
Prononciation : 160

Quand / Quant à / Quant-
    à-soi : 163
Quel que : 165
Quelque / Quelques : 164

Rabattre / Rebattre : 167
Raisonner / Résonner :
    168
Rapporter / Ramener : 169
Réduire au minimum /
    Réduire au maximum :
    169
Reine / Rêne / Renne : 170
Repaire / Repère : 171
Ris / Riz : 171
Roder / Rôder : 171
Romain / Italique : 172
Rutilant : 174

Sabler le champagne / Sa-
    brer le champagne : 175
Sain / Saint / Sein / Seing :
    176
Sans faute / Sans fautes :
    177
Satire / Satyre : 178
Saut / Sceau / Seau / Sot :
    179
Sceptique / Septique : 180
Serein / Serin : 180
Sigles et acronymes : 180
Signe / Cygne : 183
Soi-disant : 183
Solde (un/une/des) : 184

Somptuaire / Somptueux :
    185
Suite à : 185

Tel / Tel que / Tel quel : 187
Tendresse / Tendreté : 188
Tome / Tomme : 188
Tout(e) / Tous / Toutes : 189

Vénéneux / Venimeux : 191
Ver / Verre / Vers / Vert :
    191
Verbes pronominaux : 193
    Invariabilité (ou pas) : 196

Le cas des verbes à sens
    réciproque : 194
On peut considérer que
    « être » remplace
    « avoir » : 193
Participe passé suivi de
    l'infinitif : 194
Sens passif : 195
Verbes essentiellement
    pronominaux : 195
Vingt : 196
Voie / Voix : 196
Voire : 197

Daniel Lacotte
dans Le Livre de Poche

Petite anthologie des mots rares et charmants   n° 31669

Attrape-minon, Carabistouille, Galope-chopine, Mirliflore, Robin, Soliloque, Tortille, Zinzolin… Daniel Lacotte nous livre un lexique répertoriant 390 mots rares et charmants ainsi que 150 expressions d'hier et d'aujourd'hui dont il donne l'origine précise et le sens caché. Plein de verve, d'humour et d'anecdotes, ce facétieux voyage nous entraîne au cœur d'une langue tonique.

Le Pourquoi du comment, 1   n° 30670

La Terre s'arrêtera-t-elle de tourner ? Pourquoi le bâillement est-il contagieux ? Comment font les poissons pour dormir ? Voici les vraies réponses, souvent déconcertantes, insolites, drôles, mais toujours scientifiquement ou historiquement indiscutables, aux questions que tout le monde se pose sans avoir jamais osé le dire.

Le Pourquoi du comment, 2   n° 31568

Qu'est-ce qu'un trou noir ? Pourquoi existe-t-il des années bissextiles ? Qu'appelle-t-on étoile du berger ou effet de serre ? Les questions les plus simples ne manquent pas. Mais les bonnes réponses sont plus rares !

Daniel Lacotte continue de dénicher de nouvelles questions insolites auxquelles il apporte des réponses tout aussi étonnantes. De la vie quotidienne à l'Histoire en passant par les sciences, les sports, les arts et la culture, tous les domaines sont abordés, pour le plaisir d'apprendre et de comprendre.

Du même auteur :
(sélection)

Quand votre culotte est devenue pantalon, Pygmalion, 2011.

Les Surnoms les plus célèbres de l'Histoire, Pygmalion, 2010.

Les Tribuns célèbres de l'Histoire, Albin Michel, 2010.

Le Chat et ses mystères, Albin Michel, 2009.

Les pingouins ne sont pas manchots, Hachette Littératures, 2009.

Les Petites Histoires de la grande Histoire, Albin Michel, 2009.

Le Pourquoi du comment, tome 3, Albin Michel, 2008.

Petite anthologie des mots rares et charmants, Albin Michel, 2007.

Le Pourquoi du comment, tome 2, Albin Michel, 2006.

Les Mots canailles, Albin Michel, 2005.

Le Pourquoi du comment, tome 1, Albin Michel, 2004.

Danse avec le diable, Hachette Littératures, 2002.

Erik le Viking, Belfond, 1992.

Milord l'Arsouille, Albin Michel, 1989.

Raimu, Ramsay, 1988.

Danton, le tribun de la Révolution, Favre (Lausanne), 1987.

Les Conquérants de la Terre Verte, Hermé, 1985.

Nombreux textes publiés dans *L'Humour des poètes* (1981), *Les Plus Beaux Poèmes pour les enfants* (1982), *Les Poètes et le Rire* (1998), *La Poésie française contemporaine* (2004), ouvrages parus au Cherche-Midi Éditeur. Et dans *Le Français en 6ᵉ*, collection « À suivre », Belin, 2005.

Le Livre de Poche s'engage pour
l'environnement en réduisant
l'empreinte carbone de ses livres.
Celle de cet exemplaire est de :
250 g éq. CO$_2$
Rendez-vous sur
www.livredepoche-durable.fr

PAPIER À BASE DE
FIBRES CERTIFIÉES

Composition réalisée par NORD COMPO

Achevé d'imprimer en janvier 2013 en France par
CPI BRODARD ET TAUPIN
La Flèche (Sarthe)
N° d'impression : 71446
Dépôt légal 1re publication : janvier 2013
LIBRAIRIE GÉNÉRALE FRANÇAISE
31, rue de Fleurus – 75278 Paris Cedex 06